這裡沒有情緒，只有情感
～向淪落天涯與疫情對抗的
每一個生命致敬

返

湖北武漢受困台灣人
封城逃疫記

家

尼克
等

著

封城

武漢

包機

回臺

老子：「敬天愛人。」

活著真好！

——為全世界地球蒼生祈福

目 錄 ╳ contents

序

2020 年初，在中國大陸湖北省爆發新冠肺炎疫情，正值農曆過年期間，人員往來頻繁。1 月 23 日，武漢市和湖北省陸續宣布「封城」、「封省」，千餘名台灣人因此受困愁城。

這些受困台人中，絕大部分是持台灣護照的台胞，絕大部分是前往湖北探親、旅遊或短期出差的民眾，僅少部分台商，在學學生與幼童超過數百名，另有孕婦、慢性病患或需定期就醫者，他們散布在武漢市以及湖北其它 17 個城市，他們沒有預期會滯留湖北，他們前往時未有疫情，但突然爆發了，他們也沒有預期會有這麼一天，有家歸不得。

由於兩岸間特殊的政治情勢，加上防疫的考量，

致使包機撤離受困台人變得極端複雜，2月3日（封城第12天），第一班包機撤回247人；37天後，3月10日（封城第48天），第二次包機撤回361人；3月29、30日（封城第67、68天）；第三次類包機再撤回367人，尚有數百名台人期盼返家。受困台人從1月底疫情初期的擔憂、緊張、害怕，到2月中疫情穩定後的無奈與無助，再到3月中旬，中國大陸疫情近乎結束但仍未能獲准返家的絕望和憤怒，無數的陳情、報導、聲援均無效。這些受困台人中，有人用盡盤纏、有人丟失了在台工作、小孩無法就學、家庭無人照顧、貸款問題、房租問題、疾病問題甚至精神問題等一一出現，他們永遠無法忘記這庚子鼠年的過年。

各國早已在2月初陸續完成撤僑，寶瓶星號2,400餘名遊客亦已在2月8日下船，感染率超過20%的鑽石公主號上台胞也在2月21日由專機接回，中國大陸湖北省除武漢外自3月5日起即已無新增病例，3月25日正式解封，在鄂（湖北省）民眾生活已逐漸恢復正常，逛街、採買、訪友與復工已陸續可見。反觀自3月中開始，歐美疫情大爆發，引入許多境外感染案

例回台，但歐美旅遊民眾仍能自由返台，未有限制；相反地，被這個世界遺忘的滯留湖北台人有家歸不得，因為被標註成黑名單，他們無法自行返台，須待包機接送，惟包機遲遲未達。沒有親身體驗，外人很難理解這些人心中的無奈與痛苦。

　　已從寒冬等待到春暖　　已從大寒等待過春分
　　已從春節等待至清明　　已從厚衣等待穿薄衫
　　已從短髮等待變長髮　　已從幼苗等待成花開
　　　　　　又　　花　　落

　　本書由幾位受困台人聯合撰寫，記錄這事件的過程，敘述受困台人的心境與感受，以及受困期間在鄂生活。本書完稿時，尚有數百名台胞未返（包含本書幾位作者），期待大家能順利歸鄉。

荊楚大地

　　三千年前的西周時期，「楚文化」在長江中游流域開始形成，它保留了中原姬周文化的特色，同時也吸收了蠻夷文化的特點，楚文化跟中原文化、巴蜀文化等齊名，這些地域性文化共同組成了中華文化的主體──漢文化。

　　湖北省是楚文化的發源地，楚文化的發展與楚國的崛起是同步的，楚國是中國歷史上春秋戰國時代的一個諸侯國。春秋早期，楚國滅晉而壯大，被評為「春秋五霸」；春秋晚期，吳國敗楚，楚在秦國幫助之下復國；戰國中期，楚國進入鼎盛的「宣威盛世」，地方五千里，帶甲百萬，車千乘，騎萬匹，粟支十年，人稱「戰國七雄」，人口數曾達五百萬，是當時中國總人口的四分之一。百年後，楚竟敗於秦，再十五年後，秦又被西楚霸王項羽所滅，糾結的歷史就

在湖北的土地上演了數千年。

　　湖北省位於洞庭湖以北，故稱湖北，湖北素有「荊楚之地」稱號，根據《說文解字》釋荊：「楚木也，從刑聲」；釋楚：「叢木也，一名荊也」；《春秋左傳正義》說：「荊、楚一木二名，故以為國號，亦得二名」，也就是說，荊就是楚，楚就是荊，兩字是一個意思，放在一起，有了強調的作用。然而，湖北的簡稱既非「荊」也非「楚」，其原因是楚國鼎盛期的勢力範圍太大，不僅包含了現今的湖北省，所以湖北省若稱為楚就貶低了歷史上的楚盛世。當年，楚國併吞了鄰近的鄂國之後，把國都定在了鄂王城（現今的湖北鄂州），隨後幾個朝代的省會一直叫鄂，所以湖北省經常被叫鄂省，「鄂」於是成為了湖北的簡稱。

　　湖北省位於中國大陸中部，東西長約 740 公里，南北寬約 470 公里，面積 18.6 萬平方公里，約是台灣的 5 倍大，常住人口約 6,000 萬，集中在中南部的江漢平原，鄂西山區人口稀疏。湖北省地勢大致為東、西、北三面環山，中間低平，略呈向南敞開的不

完整盆地，山地占 56%，丘陵占 24%，平原湖區約占 20%，因湖泊眾多，湖北省素有「千湖之省」的稱號。長江自西側進入湖北省，長江三峽有兩峽在湖北境內，三峽東界止於湖北省宜昌市，世界上規模最大的水利樞紐三峽大壩就在宜昌境內，而漢江是長江中游最大支流，於湖北省境內自西北向東南蜿蜒，至武漢匯入長江。

湖北省共有 12 個地級市，分別是武漢市、黃石

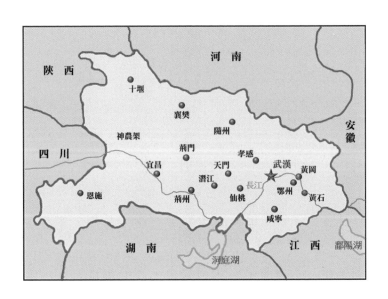

| 湖北省行政地區圖

市、十堰市、宜昌市、襄陽市、鄂州市、荊門市、孝感市、荊州市、黃岡市、咸寧市、隨州市；1 個自治州，是恩施土家族苗族自治州；3 個省直轄的縣級市，分別是仙桃市、潛江市和天門市；以及 1 個神農架林區，合計 17 個行政區。

湖北的省會是武漢，簡稱「漢」，她是中國內陸樞紐，她的面積是台北市的 30 倍，人口約 1 千餘萬，她是一座規模比倫敦、紐約還大的城市，長江和它的支流漢水把武漢一分為三，形成武昌、漢口、漢陽三個小城市，江南四大名樓「黃鶴樓」坐落在武昌蛇山上，屢毀屢修，已近 1800 年。1911 年，辛亥革命第一槍在這裡擊發，中華民國誕生於此。

湖北省產業以汽車、鋼鐵、石化、食品、電子、紡織、建材為主，湖北省的農漁業產量亦相當高，由於湖泊眾多，水產養殖是湖北的強項，是中國三大淡水養殖區之一，長江魚苗可以供應全中國大陸，著名的「武昌魚」聞名遐邇。2019 年湖北省的人均 GDP 約為 11,000 美金，為中國大陸中部最高。

湖北省共有六個民用機場，分別是武漢天河國際機場、宜昌三峽機場、襄陽劉集機場、恩施許家坪機場、神農架紅坪機場和十堰武當山機場，境內高速公路四通八達，唯一的地鐵系統在武漢市，於 2004 年啟用，與台灣不同的是，湖北內河航運發達，以長江、漢水為主要水運幹線。

　　「黃鶴樓」位於武漢，李白等歷代名士都曾到過這裡吟詩作賦；中國四大道教名山之首「武當山」位於十堰市，海拔 1,612 公尺，此處可見識武當派掌門人張三豐的太極拳法；「神農架林區」係相傳華夏始祖炎帝神農氏在此搭架採藥，親嘗百草而得名，目前為世界自然遺產；著名的「三峽人家」位於宜昌市的西陵峽境內，三峽大壩和葛洲壩之間，依山傍水，風情如畫，古帆船安靜地泊在三峽人家門前，少女在溪邊揮著棒槌清洗衣服，漁家在江面上悠然撒網打魚，千百年來的各種習俗風情在此展現；埋葬關羽身軀之處的「關陵」是中國三大關廟之一，位於當陽市；戰國時代偉大詩人「屈原故居」則位於秭歸縣；還有多處著名的三國古城——赤壁、荊州、當陽、襄陽等。以上是對湖北最直接的印象。

位於武漢的黃鶴樓

疫情

這片曾是楚國天下的大地在 2019 年冬天爆發了肺炎疫情。

2019 年 12 月初，武漢開始傳出有不明原因的病毒性肺炎發生，據稱係自武漢華南海鮮市場傳出，病原體是一種新型的冠狀病毒（Coronavirus, CoV），它以在電子顯微鏡下可以看到類似皇冠的突起得名。中國大陸學者在知名的《刺胳針》（*The Lancet*）（大陸稱柳葉刀）期刊發表論文指出，有一位老年患者在 12 月 1 日即已出現徵狀，極可能是「零號病人」，但該患者並沒有去過華南海鮮市場，與後續個案之間也沒有發現流行病學上的關聯。除此，網路上對於疫情起因亦有陰謀論之說，因此，此肺炎疫情之起源迄今仍撲朔迷離。

目前已知的人類冠狀病毒共 6 種，其中 4 種致病性較低，另外 2 種分別是嚴重急性呼吸綜合症冠狀病毒（SARS），中國大陸稱為非典型肺炎，它在 2002年 11 月自中國大陸廣東開始造成全球大流行，全球超過 8,000 人確診，774 人死亡，隔年 7 月疫情滅失；以及中東呼吸綜合症冠狀病毒（MERS），2012 年 6 月開始在中東地區爆發，到 2015 年 3 月共造成全球超過 1,000 人感染，約 400 人死亡，2015 年 5 月在韓國再度爆發，近 200 人感染。

很多動物都帶有冠狀病毒，譬如蝙蝠、豬、牛、火雞、貓、狗、貂等，有些病毒會造成人類的疾病，因此它是一種可能造成人畜共通疾病的病毒。2002 的 SARS 疫情被認為與果子貍或蝙蝠等動物有關；2012 年的 MERS 疫情則認為與駱駝有關。冠狀病毒會造成人類發燒、咳嗽、呼吸急促與呼吸困難等呼吸系統疾病。

此次的新型冠狀病毒不同於已發現的人類冠狀病毒，對於病毒源頭仍沒有統一的結論，雖然大部分調查指出蝙蝠或穿山甲是可能的病毒媒介，但是否有中

間宿主也還未知。這個新型病毒可藉由近距離飛沫、直接或間接接觸病人的口鼻分泌物或體液傳染，根據世界衛生組織（WHO）的資訊，2019 新型冠狀病毒感染之潛伏期約為 2 至 12 天（平均約 7 天），但一般認為冠狀病毒潛伏期最長可到 14 天。2020 年 2 月 12 日，世界衛生組織把在中國武漢爆發的新型冠狀病毒疾病正式命名為 COVID-19，大陸稱為「新型冠狀病毒肺炎」，簡稱新冠肺炎，台灣有些媒體稱為武漢肺炎。

新冠肺炎疫情來得快又猛，12 月 27 日疫情吹哨人之一，武漢市中心醫院李文亮醫師等人首先在同學微信群中披露了疫情相關訊息，他隨後因在網際網路上發布不實言論被提出警示和訓誡，2 月 7 日李醫師染病去世，享年僅 33 歲。

12 月 30 日，武漢市衛生健康委員會（衛健委）發布兩份檔案下達不明原因肺炎救治措施。12 月 31 日，武漢衛健委發表《武漢市衛健委關於目前我市肺炎疫情的情況通報》，表示已發現 27 例個案，中國大陸亦在當日將情況通報予世界衛生組織。

1月6日中國疾控中心啟動二級開設，1月9日正式宣布該病原體為新型冠狀病毒，1月15日中國疾控中心提升為一級開設，1月19日武漢衛健委聲明尚未發現人傳人的證據，1月20日起廣東、北京、上海等地開始大量通報確診個案，同日中國工程院鍾南山院士首次公開表示存在人傳人感染的可能性。1月23日凌晨武漢市公告宣布自當日上午10時起封城。

　　新冠肺炎確診數字如等比級數般不可思議地在湖北和中國大陸其它地方快速增加，2019年最後一天，中國大陸僅武漢通報27確診案例，2020年1月15日有全中國大陸超過40例、1月20日接近300例、1月25日接近2,000例、1月31日超過1萬例、2月6日超過3萬例、2月13日超過6萬例、3月1日確診人數已超過8萬例。每日確診案例增加數目令人吃驚，以2月4日當日新增案例達3,887例為最多，2月12日因改變將臨床診斷納入確診計算，因此當日新增確診病例達15,152人，隔日5,090例，隨後快速減少。

　　3月5日，湖北省除武漢市外的其它城市新增確診病例首次歸零；3月13日，中國大陸除湖北省外，

其它各省份新增確診病例歸零；3 月 18 日，武漢市新增確診病例亦歸零，整體湖北省已無任何新增病例。綜觀疫情發展，若以 2019 年 12 月 31 日中國大陸通報世界衛生組織為起始日（當日官方公告確診數為 27），36 日後，2020 年 2 月 4 日為頂峰（當日確診數目為 3887），隨後疫情趨緩，3 月 18 日可視為結束期（當日中國大陸全境無新增本土確診病例），整體疫情期間合計 79 日。然而，由於歐美疫情爆發，非常多歸返中國大陸的學生或遊客引入境外感染病例，4 月之後，亦有零星的本土病例發生，是否重新造成中國大陸出現當地疫情，於本書付梓時仍未明確。

根據世界衛生組織的調研結果顯示，新冠病毒感染病例中，8 成為輕症，輕症病發到痊癒約 2 週，重症則在 3 到 6 週，死亡病例通常在發病後 2 到 8 週病逝。而其平均死亡率約為 3.4%，遠高於季節性流感不到 1% 的致死率，但低於 SARS 的 9.56%。然而，新冠病毒對於 80 歲以上老人染病的死亡率很高，達 14% 以上。

除了確診病例外，中國大陸每日還發布疑似病

例、死亡病例以及治癒病例數目。引起新型肺炎的是一種新的冠狀病毒，以目前的醫學技術還未能完全掌握，因此在治療方法上也在摸索，中國大陸國家衛生健康委員會隨著對疾病臨床表現、病理的更多認識和診療經驗的積累，持續公布《新型冠狀病毒肺炎診療方案》，在兩個月內已修訂到第七版，相關的確診、疑似與治癒病例都是依照此規範標準來決定。

　　台灣在 1 月 20 日宣布成立「嚴重特殊傳染性肺炎中央流行疫情指揮中心」，為三級開設，隔日，1 月 21 日台灣就出現了第一起確診個案，是一位 55 歲自武漢返台的女台商。1 月 23 日武漢封城，台灣中央疫情指揮中心提升為二級開設，2 月 27 日由於國外疫情嚴峻變化，指揮中心再提升至一級開設。疫情自 1 月延燒至 3 月上旬為止，全台確診案例僅 45 例，境外移入 20 例、本土感染 25 例，其中較多確診案例是家庭群聚感染所造成。但隨著疫情蔓延全球，台灣開始大幅出現中國大陸以外的移入個案，主要係自歐美返國民眾帶回，3 月底，台灣確診案例已超過 300 例，境外移入案例遠超過本土案例。台灣整體防疫成果與其它國家相比仍顯成效，為國外所讚賞和仿效。

新冠疫情從爆發開始，各地疫情急遽上升，在中國大陸，以湖北省染病數量最多，占 80% 以上，截至 2020 年 3 月底為止，湖北省共確診超過 6 萬 7 千人、死亡超過 3 千人，已經治癒也超過 6 萬人。湖北封城的效應顯現，確診案例從每日數千在一個月內降至每日低於百人，這場戰役湖北看似已反敗為勝。相反地，國外疫情正處於上升期，由於歐美國家未能採取嚴厲地管制措施，確診數字急速上升，至 3 月底，美國確診數目超過 20 萬人、義大利和西班牙均超過 10 萬人，地球村化使得這場疫情全球均難以倖免，超過 200 個國家出現疫情，全球累積總確診數目在 3 月 6 日首次超過 10 萬人，3 月 27 日已超過 50 萬人，4 月 3 日，全球確診人數超過百萬人。這場疫何時會結束？全球染病人數會到達多少？難以估計，但願老天保佑。

關於 2019 新冠肺炎疫情幾個重要的日期如下：

12 月	→ 湖北省武漢傳出不明原因肺炎
12 月 31 日	→ 武漢通報世界衛生組織有 27 確診病例
1 月 6 日	→ 中國疾控中心開設

1 月 13 日	泰國出現第一個中國大陸之外其它國家確診案例
1 月 18 日	中國大陸確診病例破百
1 月 20 日	台灣中央防疫指揮中心開設
1 月 21 日	台灣和美國首例確診
1 月 23 日	武漢封城
1 月 24 日	中國大陸確診病例破千
1 月 25 日	歐洲首例確診在法國出現
1 月 30 日	義大利首例確診。3月下旬，累積確診人數超過 7 萬人
1 月 31 日	中國大陸確診病例破萬
2 月 4 日	爆發鑽石公主號集體感染事件，確診人數超過 700
2 月 8 日	寶瓶星號染疫返台檢測
2 月 19 日	伊朗首例確診。3月下旬，累積確診人數超過 3 萬人
2 月 25 日	中國大陸境外確診數目首次超過中國境內
3 月 6 日	全球確診病例數累積超過 10 萬
3 月 18 日	台灣累積確診病例破百
4 月 3 日	全球確診病例數累積超過 100 萬

湖北台人受困期間，每日早晨睜開眼第一件事就是打開手機，觀看昨日的病例統計，每見到確診增加率降低一人就知道回家的日子近了一些，但每日見到又有數百人死亡，感受甚是哀傷。人類絕頂聰明，可登月，可入海，但卻又是如此脆弱，敵不過一個微小到看不見的病菌，我們應該深思何以此病菌會出現，我們應該要尊重萬物，設法共存，和平共處。

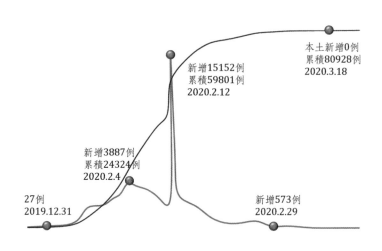

本土新增0例
累積80928例
2020.3.18

新增15152例
累積59801例
2020.2.12

新增3887例
累積24324例
2020.2.4

27例
2019.12.31

新增573例
2020.2.29

| 中國大陸累積確診數目和確診增加率變化趨勢圖

封城

　　就在庚子鼠年來臨前夕的小年夜（1月23日），擁有千萬人口的武漢市在凌晨2時由《武漢市新型冠狀病毒感染的肺炎疫情防控指揮部》發布第1號通告：「自2020年1月23日10時起，全市城市公交、地鐵、輪渡、長途客運暫停運營；無特殊原因，市民不要離開武漢，機場、火車站離漢通道暫時關閉」。自當時起，民眾不得離開武漢，全市居民暫時與外界隔離，該通告上註記了「恢復時間另行通告」，本書撰文時，湖北省政府已宣布，武漢市將於4月8日解封，總封城日數達76日。

　　武漢有「東方芝加哥」之稱，是中國大陸第七大城，位居華中與長江樞紐，每年春運期間，估計武漢的人口流動規模超過3,000萬，要將此規模的城市封鎖，其難度可見一斑。

封城通告發布的當天，正逢世界衛生組織就新型冠狀病毒感染對全球公共衛生的影響，在瑞士總部召開記者會，世界衛生組織祕書長就武漢的封城表示那是一個「非常、非常強力」的措施。

　　事實上，類似的措施並非未曾有過，透過隔離、封鎖等強力手段，不僅能減少疾病在發源國的傳播，還能將其對全球的影響降到最低。2009 年 4 月，墨西哥爆發 H1N1 流感疫情，首都墨西哥城封城十日；2014 年 9 月，為防止伊波拉（Ebola）病毒擴散，獅子山共和國宣布全國除員警、醫生和志願者等少數人員外，其餘人民不得外出，2015 年 9 月伊波拉捲土重來，獅子山第二次宣布封城；2015 年 6 月，韓國為防範中東呼吸綜合症候群（MERS）疫情擴大，封閉全羅北道順昌郡的一個村落；2019 年 4 月，來自俄羅斯的夫婦在蒙古巴彥烏列蓋省進食土撥鼠內臟後感染鼠疫過世，隨後，巴彥烏實施封省 6 天；台灣在 2003 年 SARS 期間，也曾將台北市立和平醫院隔離「封院」。但過去這些案例與這次武漢的全城封鎖相比，都是小巫見大巫。

武漢封城中靜止的街道

2020 年 3 月份，隨著疫情擴散至全球，各國亦紛紛實施封城甚至封國措施，街區封閉、國家停擺、班機停飛、國境封鎖。惟強調自由人權的歐美和中國大陸社會體制下的封鎖措施有偌大差異，這造成在遏止病毒蔓延的力道上也有所不同。

2020 年 1 月 19 日武漢通報之不明原因肺炎已超過 200 例，當日，中國首席傳染病學專家鍾南山院士，也是當年的「抗典第一功臣」，率領專家組前往武漢調研，當天即趕回北京，當時官方並未公布該訊息。隔天 1 月 20 日，鍾南山院士在央視直播採訪中表示新型冠狀病毒「肯定有人傳人現象」，此前一天，中國國家衛生健康委員會（衛健委）才表示「當前疫情仍可防可控」，3 天後，武漢宣布封城，這決定與鍾南山院士的調研結果和建議肯定存在絕對關係。另一方面，當時已發現湖北之外其他省分包含北京都開始出現病例，泰國、日本、韓國、台灣等地都相繼出現病例，且幾乎所有病例都曾有武漢旅遊史，所有的跡象和證據都顯示武漢的肺炎病菌已開始擴散，為了阻礙病菌繼續傳播，唯有採用最強力的措施。武漢封城，是中華人民共和國成立以來第一次對千萬人口級

別的城市所採取的最嚴厲手段！

上一次武漢封城還是 1911 年的武昌起義，湖廣總督下令關閉城門，四處搜捕革命黨人，革命黨人以槍聲為號，於 10 月 10 日夜間發動了武昌起義。

這個自古有「九省通衢」稱號的交通樞紐之城突然在全年最繁忙的春節期間被按下了暫停鍵，車水馬龍不再，人們交往中斷，城市突然安靜了下來，靜得大家彷彿聽得到自己不安的心跳。

封城是從封鎖主要交通工具開始的，武漢的三大火車站只能出站、不能進站，公車消毒後貼上封條，最後一班地鐵到達終點站後封閉，武漢天河機場亦亂成一團，一些返鄉的民眾開著自用車準備上高速公路，均被交警勸回，此刻開始，只能下，不能上高速公路，接著一些縣道乃至鄉道也封閉了，主要道路上員警設置了很多檢查站，很多人透過農村小路開車來避開封鎖到達目的地。公共交通停運，造成民眾運移不便，一開始，計程車還可以載客，23 日深夜，武漢防控指揮部發布第 5 號通告：24 日（除夕）12 時開始，

全市網路預約計程車停止運營，巡遊計程車實行單雙號限行。25 日，武漢中心區域禁行機動車輛。車輛基本上都已禁行了，但加油站仍運行中，確保必要通行的車輛有油可加。

這個年除夕夜的春晚節目在武漢創下高收視率，民眾大都待在家裡，節目少了歡樂氣息，多了詭譎的氣氛，這夜，很多人還難以相信、六神無主。明天會如何？

封城初期，居民是可以自由行動的，只是不能離開武漢，「逃離武漢」一時成為中國大陸微博上的熱搜話題，網上傳出有司機漲價 10 倍帶人從小路逃離武漢的訊息，網民們對於出逃者充滿謾罵的話語。封城狀態下，最緊急、也最讓人關心的問題是食物供應，古語說得好，「倉廩實而知禮節、衣食足而知榮辱」，大災難當前，人們會盡力去克服很多困難，但難以忍受饑餓。封城第二天，武漢出現了恐慌性搶購潮，超市蔬菜等民生物資被搶購一空，防疫所需的口罩更是一個難求，這過年，口罩代替了豬肉，成為最緊俏的物品。

武漢封城後的第 20 天，也就是 2 月 11 日，隨著疫情防控的需要，湖北省強力實行「外防輸出，內防擴散」的政策，開始貫徹嚴格封鎖社區，任何人不准隨意外出，商店不對個人開放，居民不能外出採購生活用品，武漢居民已經在家悶了二十餘天，嚴格封鎖令一下，炸了鍋，平時各種不適的人要看病、老人小孩急需用藥的、要做飯送給住在附近的媳婦的……都被禁止了。此刻之後，家家戶戶的飲食問題就得借助於代購員，武漢有 7,000 多個社區（中國大陸稱為小區），每個社區通常會劃分為 3 到 5 個「網格」，網格是指把社會服務網格化的一種管理模式，每個網格都會有一位網格員，常常是駐區的社區民警，封閉期間，每家開出採購清單，由網格員收集後統一購買。網格員更重要的是在封閉期間管理該社區，包含管控進出、測量體溫，引導人進出、消毒鞋底等，這必須是三班制的安排，很多志工投入這工作，估計武漢市可能有數萬志工之多。

　　為了阻止疫情失控擴散，採取了武漢封城這個嚴厲措施，犧牲了千萬人的自由，封鎖區內每天上演著可歌可泣的故事，從另外一個角度看，武漢居民（以

及隨後整個湖北省）的犧牲，令人敬佩，它大幅降低中國大陸其他地區出現第二個武漢的風險。據估計，由於春節和疫情的雙重影響，在封城前約有 500 萬人離開武漢，這些人口約有六至七成是返鄉回湖北省內其他城市準備過年者，這也是後來疫情快速蔓延至整個湖北省境內的原因。

1 月 23 日上午武漢封城後，1 個小時後，緊鄰武漢的鄂州也緊急宣布鐵路車站通道暫時關閉，並對主城區居民實行出行管控措施；同一天晚間 22 時，潛江宣布封城；24 時起，黃岡也正式宣布暫停市內交通，開始封城。隔天 24 日，湖北荊門、咸寧、黃石、恩施、孝感、宜昌、隨州與十堰等地級市也紛紛宣布封城舉措，不同程度上暫停了上述城市管轄範圍內的鐵路、高速與普通公路交通，特別暫停了市域管轄範圍內公交、長途客運等公共交通。湖北 16 個市（州）中，襄陽市是最晚實施封城的地級市，直到 1 月 27 日，襄陽市才規定高鐵和普通鐵路車站進站通道暫時關閉。

在 1 月 23 日至 27 日這幾天內，湖北省各市州均

已實質實施了封城措施，然而，為有效切斷傳染源，阻斷傳播途徑，遏制疫情擴散蔓延趨勢，在疫情進入最後關鍵期的階段，2月16日，湖北省人民政府發布通告：城鄉所有村組、社區、社區、居民點實行24小時最嚴格的封閉式管理；嚴管外來車輛，非必需不進出；嚴管外來人員，非必要不入內；所有非必需的公共場所一律關閉，一切群眾聚集性活動一律停止，出入必須持有通行證，聽說在街上沒有通行證的人會被抓起來，強制隔離14天；另外，還強化居民健康全面排查，對所有居民開展篩查，做到「不漏一戶、不落一人、不斷一天」，確保全覆蓋、無盲區；以及所有疑似、確診新冠肺炎病例的密切接觸者和不能明確排除新冠肺炎的發熱病人，必須送集中隔離點單人單間觀察，不得居家隔離留觀等措施。此時已是封城第25天，大部分民眾對這嚴格的封省命令其實已無感，因為早已實施多時，民眾反而是有種對病菌最終殲滅戰的期待。在嚴格封省之前，2月12日，十堰市張灣區和孝感市大悟縣都發布了「戰時管制」的命令，這公告稱所有樓棟一律實施全封閉管理，所有居民非醫護人員、醫藥物資從業人員、抗疫公務人員和水電油氣、通訊網路、糧食蔬菜等基本民生保障從業人員，

不得出入樓棟。在這之前，雖然有封城措施，也有社區管制，但下樓透氣抽菸仍是允許的，但戰時管制命令發布後，均不得下樓，完完全全只能待在家中，但這管制僅有前述兩個小地區發布，隨後兩天內，黃岡市、孝感市雲夢縣也都發布類似命令，但並未出現「戰時」字眼，中國大陸專家也對於發布戰時管制有不同的看法。

除了湖北省之外，浙江省的杭州、溫州、台州、義烏，廣西的玉林、貴港、防城港等地也都實施了嚴格的居民出行管控措施，從具體執行內容上來看，這措施便是要求居民儘量不出門，避免交叉感染，因此多地的舉措內容中均明訂了嚴格的內容，譬如每戶家庭每兩天才能外出採購一次家庭物資。除此之外，對於居民外出上班，各城市也訂定了管控舉措，以湖北省為例，各地級市允許外出上班的居民僅涉及疫情防控工作需要、在藥店的工作人員等，其他人員一律不得外出工作。

被強制封鎖在屋子裡的日子是相當不舒服的，精神壓力尤其大，煩躁感快速增加，正處於貪玩年齡的

孩子們尤其難受。網上有個人寫到：他讓他小孩每天從客廳跑到餐廳，再從餐廳跑到臥室，早晚各幾次，藉此消耗掉小孩無盡的體力，相對地，也儲存了大人抗疫的能量。大人們則要面臨更多的問題，有些人工作沒了，解禁後反而面臨生存問題，當我們把染病的人隔離起來的同時，也把健康的人都禁閉了起來，時間久了，附加災害接踵而至，有人鼓勵著，健康的人也要活下去。從 1 月 23 日開始已經被禁閉了兩個月有餘，這期間，多出談心的機會，但吵架的機會也不會少，畢竟各家老小過去從未像這樣天天廝守一起過日子，尤其是房子小的家庭。閉關的日子久了，樂觀的人悠然吟起黃鶴樓詩詞表達他的心境：不望煙花三月下揚州，但願煙花三月能下樓。

2 月 24 日（封城第 33 天），上午，武漢疫情防控指揮部發布第 17 號命令，突來的開城令讓許多人振奮，以為已可恢復自由，孰知，三小時後，第 18 號命令取消 17 號令，空歡喜一場，其原因不明，大家修改成語為「朝令午改」，在中國大陸，什麼都可能會發生，就像封城一般。

| 最嚴厲的封城措施

武漢過江隧道封閉對外交通中斷 |

湖北省千萬普通人，因為突如其來的疫情，生活被重新分割、春節被重新定義。社會為這次疫情付出高額的代價，包括親情、人情、健康和經濟。網路上出現不少瀕臨失控的留言，一位家住武漢的人說：「這是她第一次哭著度過的春節」，還有人寫到「大過年的，為什麼要分別，為什麼要拚命？」

　　封城世界下，有很多可歌可泣的故事。

　　被病毒感染的病人在封城環境下，設法到了醫院，排隊竟達數百公尺遠，等待治療的時間可能超過數個小時。有些人在等待過程中倒下了，也有人被告知，因為沒有病床，他們必須回家等待。這其中有些是新冠肺炎患者，也有可能只是普通感冒患者，他們交叉傳染，疫情一開始時較為混亂，很多人因為得不到妥適的救治從輕症轉為重症，有很多人因此而去世。

　　有一位 29 歲的彭姓醫生在 2 月 20 日去世了。他原本規劃初八結婚，疫情爆發後，他把婚禮延後，回到醫院參與救人工作，然而，他卻不幸被感染後去

世，從此，他的新娘再也見不到她的愛人。

另一位姓肖的病人臨終前，手寫身後願意把遺體捐出來做研究，很是感人，媒體廣泛報導，但更感人的是沒被媒體報導的另外四個字「我老婆呢」，人臨別前，心裡惦記的總是最愛的人。

常凱，曾被評為湖北電影製片廠標兵、先進工作者，其社會交友廣闊，關係良好，年初一其父發燒咳嗽、呼吸困難，送至多家醫院就治，均告無床位接收，多方求助，也還是一床難求，數日後撒手人寰。其母身心疲憊，免疫力盡失，亦遭感染，隨其父而去。常凱因照顧父母亦受感染，與其姊於 2 月 14 日病故，一場瘟疫，一家四口相繼過世。類似之場景，不斷在武漢上演，幾乎只要有一人染病，全家都會被傳染，為了不讓家人受害，亦有染病者在無病房得不到醫治的情況下選擇了輕生，多少家庭因此破碎。這些去世者的家屬，他們的傷痛之深，可能終身不能平復。

電視上流傳的一段影片，一位女兒跟在禮儀車後

面嚎啕大哭，她的母親染病去世了，因為病毒的關係，必須馬上被送往火化場，女兒無法為其送葬，將來或許還不知道骨灰在哪。輕生重死是中國的傳統文化，這恐怕是兒女們心裡最大的疼。

封城世界下也存在很多平凡的偉大，人間的溫暖。

男生的理髮週期一般是一個月甚至半個月一次，同樣地，醫護人員也需要理髮。他們理髮的理由，不是為了美觀或不舒適，而是為了避免戴防護服的時候產生縫隙讓細菌進去，理髮師成了在這場防疫作戰中一個微小但卻很重要的角色。

武漢實行交通管制之後，很多人的出行成了問題，特別是醫護人員的上下班，這時志工就成為了這個城市「流動的生命線」。很多志工是計程車司機，志工們承受著染病風險，當他們簽下「不顧生死、義無反顧」的志願書時，心中滋味，可能只有他們自己能懂。這些來自各行各業的志工，除了接送醫護人員之外，還負擔社區管理、採購、病患家屬的聯繫登錄等工作，每日見到生離死別的場景，其壓力之大難以

武漢所有小區路口均封閉 |

想像。

　　鎖匠師傅是一個社會中非常平凡的角色，甚至常
被遺忘，一位鎖匠師傅受訪說：武漢封城期間，他的
工作基本上沒停過，百分之九十以上的訂單都是在幫
忙離家的居民餵食貓狗！有養寵物的人，一般春節回

家，如果不是自己開車的話，帶寵物是很不方便的事，他們都會選擇寄養在寵物店或者留在家，大家原本以為幾天後就返家的規劃想不到此行一去二個月，從來沒有人會想到，解決這個問題的，是你平時走在大街上可能都找不到的鎖匠師傅。

　　疫情來了，它選擇了武漢，從它初發到擴散再到瘋狂，人們沒能在病毒抵達前攔住它，卻一直跟在它的後面追趕、消滅，但我們付出的是如此規模的代價。

防疫

中國大陸對抗冠狀病毒的核心策略就是「內防擴散、外防輸出」，動用所有力量、調動一切資源，查病源、堵源頭，切斷病毒傳播途徑。主要的作為就是封城，將病毒圍堵在武漢城內，再透過中西醫合併的治療方式排除病毒，加上不斷更新的《治療方案》，以及其他各省份的支援，讓這狡猾的新型冠狀病毒只在中國大陸倡狂了二個多月左右，人類獲勝，但也付出了極大的代價。

疫情爆發開始，大量染病民眾湧入武漢各級醫院。在疫情高峰時，每天約有3,000多個病床的需求，這對世界上任何一個城市來說，都是挑戰。武漢市原來只有兩家傳染病醫院，病床不超過 1,000 張，在疫情初期，病例持續累積到數萬，染病者一床難求是當時最急迫的事。因此，武漢市一邊改造既有醫院，一

邊建置「方艙醫院」，最終改造和新建了 86 家「定點醫院」、16 家「方艙醫院」，總容納量達 6 萬多張床位。中國大陸是把重症病患安排到「定點醫院」救治，而病情輕微者則到「方艙醫院」治療，方艙醫院內的病患若符合了某標準，就會被轉到定點醫院。

中國大陸體系下的高效率從「火神山」和「雷神山」兩座醫院的建造又獲得了證實。1 月 23 日封城當日，武漢決定建造「火神山」醫院，兩天後，再決定建造「雷神山」醫院。「火神山」建築面積約 1 萬坪（3.39 萬平方米），規劃病床數 1,000 張；「雷神山」建築面積約 2.5 萬坪（7.99 萬平方公尺），規劃病床數 1,600 張。這兩座醫院都是按照傳染病醫院標準設計和建設，所有病房均為負壓病房，並配備有 4G/5G 基地台，以及醫護住宿區。「火神山」動用 4,000 名工人日夜趕工，如期於 10 日內在 2 月 2 日完工，2 月 4 日開始收治病患，其內共有 1,400 位醫護人員。兩天後，2 月 6 日，「雷神山」也正式啟用，開始和病毒對抗。「火、雷」兩座醫院興建過程全程上網直播，在家打開電視即可觀看，無形中多了數百萬監工，由於城市管控開始，民眾大都待在家裡，同時收看人數

最多曾達 4,000 萬人。一位網友說：每次觀看，就彷彿看到希望，「這不是監督，一種激勵，它激勵著大家跟時間賽跑，儘早阻斷病毒的傳播，讓更多患者儘快康復」。

傳言「火神山」和「雷神山」的命名跟火有關，古時候排除瘟疫最好的方法就是「燒」，基本沒有病毒能夠躲過高溫，而因為此次疫情發病的大都在肺部，肺屬金，火克金，山為「鎮」，即這兩醫院之取名有請火神、雷神鎮壓瘟疫的含義。

雖然十天就建造完成一座醫院的速度讓全世界震驚，但依然是遠水救不了近火，最終緩解武漢疫情，讓武漢由被動變為主動的是「方艙醫院」的建設。

為了避免大量輕症患者居家或在社區流動，成為疫情擴散的主要源頭，同時考慮這些患者若得不到有效收治會陷入困境甚至有生命危險。因此，武漢市政府希望能把確診的輕症病患都收治起來，給予醫療照顧，並與家庭和社會隔離，避免成為新的傳染源，而在醫院床位緊缺的情況下，「方艙醫院」就成為了一

個解決方案，一般所謂的方艙醫院是指可移動醫療空間的一種，類似野戰機動醫院，有人稱為醫院中的變形金剛，而這次武漢應對疫情設置的方艙醫院屬於固定地點的，透過對大型場館、展覽中心、學校的改建，像是臨時醫院的場館改裝版。武漢市前前後後共建置了 16 座方艙醫院，每座方艙醫院約有數百到數千的床位，醫學專家已經評估過，在方艙醫院不會有交叉傳染的風險。由於方艙醫院收治的患者都是輕症的，一般情況下病人可以自理，醫療護理大致上是給予口服藥、肌肉注射等，如果病友間互助性強一些，還可以參照社區互助模式。網路上流傳一段影片，方艙醫院內的大媽跳著「方艙舞」，由於方艙空間開闊，適合跳舞，武漢大媽們真是太頑強了，不只是頑強抗病，還要頑強地跳著方艙舞。方艙啟用之時尚處冬天，嚴寒的天氣為病人帶來嚴重挑戰，且空曠的體育館讓人的感受更低溫，因此，每個床鋪都鋪設了電熱毯。方艙的飲食也為人所樂道，有人說，伙食太好吃到痛風發作，還有傳出，方艙主食竟有醬燒甲魚，回想引起這疫情的主因之一就是食用野味，與方艙中的便當主食比起來，豈不諷刺。3 月 10 日下午，武昌方艙醫院宣布休艙，至此，武漢所有方艙醫院全部關

閉，從 2 月 5 日第一批方艙醫院投入使用開始，35 天時間裡，方艙醫院累計收治了 12,000 多名新冠肺炎輕症患者，大大緩解了武漢醫療資源緊張的難題。

外界對於中國大陸的種種時常懷有不信任感，針對疫情死亡數目亦是如此，確實是的，在疫情初期，醫院尚未建妥，檢驗試劑不夠，醫療能量不足，許多輕症患者拖成重症，重症患者在尚未確診時即已去世，這些死亡病例並未被納入新冠肺炎死亡數目，隨著資源到位，救援抵達，抗疫步伐站穩，慢慢地就能扭轉情勢。

相較於封城禁閉的人們，這場風暴中，有人遭受到更大的災難，有些家屬最後一次見到家人的面是他被送往醫院的那時，從此天人兩隔，再無相見之日；有人從清早排隊掛號，一直到次日凌晨才排到，還有可能沒排到，就轟然倒下；有人在家裡等醫院病床通知，而通知來時，已斷了氣。

中國大陸對於新冠肺炎的治療主要是依據國家衛生健康委員會（衛健委）所發布的《新型冠狀病毒肺

炎診療方案》，自 1 月 23 日發布第一版後，隨著對疾病臨床表現、病理的更多認識和診療經驗的積累，持續更新，3 月 4 日，發布了第七版，這一版的方案中，明確說明確診病例需增加血清檢測，且出院患者應繼續隔離 14 天。確認是否罹患新冠肺炎通常會做電腦斷層掃描，也就是中國大陸常講的 CT（Computed Tomography），這是因為此病會導致肺部出現毛玻璃狀的陰影，可以透過 CT 片來判斷，另外還會做核酸檢測，這是因為核酸（DNA 或 RNA）是病毒的遺傳物質，任何物種都有獨一無二的核酸序列，所以對新冠病毒的特徵序列進行核酸檢測，就可以知道是否感染了新冠病毒，目前主要是透過 PCR 技術（聚合酶鏈式反應）來進行新冠病毒的核酸檢測。若病人有確診病例接觸史、有發燒、乏力、咳嗽、胸悶等症狀，加上 CT 片和核酸的檢測，就會被認為新狀肺炎確診病例。

中醫在此次的新冠肺炎治療上扮演很重要的角色，在《新型冠狀病毒肺炎診療方案》第一版中就已經非常強調中醫的治療，新冠肺炎之核心病機是濕毒淤閉，病位在肺脾可傷絡入血，透過中醫可根據

病情的發展進行施治。在治療的策略中，中醫是將病毒趕出體外，西醫是將病毒殺死，兩種方法各有其優勢與不足。新冠肺炎的治療並非僅靠中醫，而是透過中西醫結合，完善中西醫聯合會診制度，促進醫療救治取得較好的治療效果。此次疫情會特別著重中醫的角色，有此一說是習近平對中醫情有獨鍾，特別下達「中醫抗疫」的指示。

湖北省整體抗疫的作為除了自身的封城、建醫院擴充治療能量外，還有外援。2 月 7 日衛健委發布了由中國大陸 19 個省支援湖北省武漢以外其它地市的策略，以一省包一市的方式，全力支援湖北省加強病人的救治工作，這些外省醫療人員投入臨床救治，也包含改建重症 ICU 病房和遠端會診危重症病人等疫情防控工作，據統計，各省支援湖北省的人力超過 4 萬名。

新冠肺炎尚無特效藥可治療，除了中西醫治療之外，還有一種比較特別的方法，就是血漿療法。理論上說，利用治癒者體內產生的抗體來救治感染者尤其是重症患者，是可行的，這些康復患者的血似乎成了一個特效藥，湖北省大力呼籲新冠肺炎的痊癒患者卷

起袖子捐血，希望為重症病患帶來一絲希望，中國大陸的新聞時常出現當天哪個省份捐獻的多少康復者血漿到湖北。然而，這種療法還是缺乏科學證明的。

截至 3 月底為止，中國大陸已經治癒超過 7 萬人，其中在湖北省治癒超過 6 萬人。新冠肺炎的治療完全免費。

3 月 10 日，湖北省已經開始令全市 50 多家收治新冠肺炎的定點醫院陸續退場，僅預留 10 家醫療資源比較豐富的醫院做後續治療的核心醫院，其它醫院逐漸恢復正常的醫療秩序，滿足市民的就醫需求。

對於治癒出院者，診療方案第七版中要求出院患者應進行為期 14 天的康復隔離和醫學觀察，由於湖北省有 5 萬多治癒者，市政府也徵用旅館和學生宿舍等作為康復驛站。

在教育方面的防控措施，湖北省的口號是「停課不停學」，自 2 月 10 日開始，湖北省各地中小學都是透過網路或數位電視等方式上課，包含有直播課程、

點播課程、自主學習課程，甚至輔導課程等，都是透過網路進行，課程內容跟在學校時一樣，除基礎課程之外，也包含美術、音樂和體育等課程，有時學生還需要自行錄影繳交規定之作業，由於一個疫情影響，若能把這網路教學系統建構得更好也算是好事一件。

受困

武漢新冠肺炎爆發之時正值農曆過年期間，中國人過年有返家團聚拜年的習俗，每年在中國大陸，春運期間的人來人往號稱是地球上最大的人口遷徙，每年估計有 30 億人流動，萬頭攢動，車票黃牛到處。湖北台商與其家眷人數並未有統計數字，估計應該有數萬人之譜，並非全部是在湖北經商者，也包含了被公司派駐到湖北短期出差的員工；另外，多年以來，遠嫁至台灣的湖北姑娘估計也有數百至上千人以上。春節期間，他們的流動方向是相反地，台商或台幹返台過年，而陸配則返鄉過年。

武漢封城前據稱有五百萬人離開，原先約 1,400 萬生活人口的城市約剩 900 萬人還待在城市裡，或是尚未離開，有人認為這離開的五百萬人是逃難去，事實上，這數字跟往年相比是接近的。有統計顯示，這

五百萬人中絕大部分是回到湖北其它城市過年，約占七八成，另有大約 7,000 多人回到台灣，這其中勢必包含很多台商，加上台灣在 2020 年 1 月初舉辦總統大選，也有不少台商或其眷屬早已返台過年，躲過這場災難。

相反地，很多嫁到台灣的陸配在此時返回了湖北省，台灣中小學的上學期在 1 月 20 日前後結束，前一週期末考即已結束，提早返回的，或學期結束才攜子返回的，正好遭遇到此世紀疫情。

湖北省的旅遊吸引力雖然沒有像中國大陸東南沿海城市一般，但黃鶴樓、武昌起義、武當山、三峽等景點每年仍吸引眾多觀光客前來。不可諱言的，近一二十年來，台灣年節的氣氛弱了，反而中國大陸仍保持相當傳統的春節習俗，尤其是鄉下地區，很多人就趁春節假期到訪湖北。

不論台商、台幹、陸配或他們的眷屬，1 月 23 日前進入湖北或未及離開者，通通見證了這近代史以來最大的封城行動，全部受困武漢或湖北其它城市。

一開始，大部分人並未體認封城的嚴重性。

很快地，家不可出、樓不可下，飲食、生活、健康都慢慢出現問題。

受困的台人包含各行各業，有台商老闆、有台企幹部、有在台自營業者、有勞工、有老師、有學生，還有很多陸配，以及上述這些人的家屬，也包含非常多未到就學年齡的兒童。據統計，受困期望儘速返台的總數約有 1 千 6 百人上下，大約是 500 個到 800 個家庭，這些受困的台人中，返鄉探親、旅遊或出差者約占八成五以上，台商約僅占不到百分之十，事件當時，台灣媒體以台商稱呼這些受困台胞並不正確。

受困的陸配中，有很高的比率已在台居住六年以上取得中華民國身分證，他們曾是陸配，但現在和大家一樣，都是擁有中華民國護照的國人，他們返回湖北是持台胞證。

這些受困的台人當中，沒有任何人有心理準備，絕大部分都是預計在過完年後即返台，他們所帶的衣

物、隨身用品、錢財、藥品等都只是應付短暫旅程所需，封城後，所有問題陸續浮現。

有些受困的人患有慢性疾病，如心臟病、高血壓或糖尿病，他們必須定期吃藥，藥品不足，他們的生命堪憂；也有人罹患了癌症，必須定期返回醫院就診；還有洗腎的、痛風的、牙疼的……，他們頓時不知所措，樂觀的人以為可能只封城 14 天，很快就可回台灣，孰知，過了數次 14 天，歸期依然音訊渺茫。

一個陸配家庭 22 日晚間剛返回到武漢，當天半夜（23 日清晨）隨即宣布封城；一位台幹買了 23 日的機票準備返台，剛好當天封城受困迄今；一位年輕朋友邀約友人趁過年要到雲南旅遊，只是在武漢會合，亦不幸受困；另一位年輕男士第一次陪同女友回家見爹娘，碰到這世紀疫情受困，這未來的岳父岳母可有充足時間檢驗這未來女婿；還有回家奔喪的女兒也受困，或許剛好可以再細細回想父親在世時的種種，以及那一草一木。許多、許多，五百個家庭就有五百個故事。這些故事唯一的相似處就是，他們必須留下來與湖北並肩作戰，共同對抗病毒。但，這並非他們的

受困期間油菜花田已從幼苗開花又花落，攝於 1 月 28 日。

受困期間油菜花田已從幼苗開花又花落。攝於 2 月 29 日。

原意。

　　受困台人當中，最令人心疼的是有非常多的孩童，據統計，小於 10 歲的幼童應該有近 200 位，18歲以下未成年者則總共應有 300 人以上，這些小孩都是持中華民國護照，是大家口中的國家未來主人翁，是「台灣之子」，他們大都隨同父母親返鄉探視外公、外婆而受困湖北，小孩的世界很單純，他們不知道外面發生了何事？

　　他們只見到父母親每日憂愁、手機不離身，他們天真地抗議爸爸媽媽每天把玩手機但他們為何不行。殊不知父母親是深怕漏了任何一條可返家訊息而護著手機，他們常聽到的是父母親說要帶著口罩，外面世界有花冠病毒正在攻擊人類，有些家長為了哄騙小孩吃飯，會說：不吃飯，沒有抵抗力，就會被花冠病毒吃掉。花冠究竟是何方猛獸，令父母親如此擔憂，花冠和年獸究竟誰可怕？花冠是否也會害怕紅色春聯和鞭炮？天真的孩童們心裡狐疑著，慢慢睡去，又過了一天。

受困台人並非集中於武漢市，湖北省各城市均有，受困時，返鄉過年的陸配大多在自宅，有些在城市中，有些則居住在鄉下，也有不少人是困在旅館中，這應該會是他們自學校畢業後待在家裡最久的一段時日，也或是住宿在旅館中最長的一次，當時，沒有人想到會封城超過二個月。

封城至 3 月底已逾 60 日，氣候早已從寒冬進入春分，春節早已過，元宵亦已遠，清明即將來，晝時已漸長，氣溫已漸暖，羽絨服已不能再穿，暖氣已可不開，屋前的油菜花田已從幼苗長至大片金黃花海，冬休的稻田已開始春耕，小女孩額頭上的瀏海已長至近乎遮眼，孩童們的寒假早已結束，期中考即將到來，許多人在等待中慶祝了一個沒有蛋糕的生日，也有嬰兒在外公外婆家度過了周歲⋯⋯這些台人已受困湖北許久，雖還未有〈回鄉偶書〉中「少小離家老大回，鄉音無改鬢毛衰；兒童相見不相識，笑問客從何處來」的滄桑，但眾人回家那一日，想必有著很深的感慨。

從冬天等待到春天　從春節等待到清明

從冬休等待到春耕　從大寒等待到春分

從幼苗等待到花開　從厚衣等待到薄衫

從短髮等待到長髮～～

求救

　　台人受困在湖北求救的管道有兩個，一是向台灣的「財團法人海峽交流基金會」（簡稱海基會）的兩岸人民急難服務中心聯繫；其二則是向中國大陸的台辦系統請求協助。

　　台海兩岸關係複雜獨特，難有官方接觸，因此，兩岸交流所衍生的事務性問題必須透過一個由政府委託指定的民間機構來執行。1991 年 3 月，台灣成立海基會；同年 12 月，中國大陸也成立性質相近的對等機構「海峽兩岸關係協會」（簡稱海協會）。台灣海基會的監督單位是「大陸委員會」（簡稱陸委會），而大陸海協會的指導單位則是中國國務院台灣事務辦公室（簡稱國台辦）。國台辦是中共中央成立處理對台工作的辦事機構，在北京有國台辦，在各省則編制有省台辦，各市則有市台辦，台商或一般台灣民眾在大

陸所接觸的政府部門即是台辦組織。

　　1 月 23 日封城開始之後，受困台人紛紛致電海基會求援，海基會除給予安撫並登錄相關資料外，亦建議受困者可聯繫武漢台資企業協會（武漢台協）的中間人，請他邀請受困者加入一個微信（WeChat）群組。許多台灣人到中國大陸經商，因此各地均有成立台資企業聯誼協會，2007 年，在北京成立了「台灣同胞投資企業聯誼會」（簡稱台企聯），它是由各地的台資企業協會為主體組成的一個社會團體，台企聯與國台辦系統有良好的關係。

　　很多受困台人因海基會的建議加入了「武漢台協資訊群」，進入了微信世界，台人受困期間的生活從此離不開微信。該微信群組的規模短時間內迅速地擴大到 300 多個帳號，每個帳號後代表一個家庭，可見受困台人眾多，群組會員中亦可見海基會同仁帳號，亦有台辦系統人員在群內。受困初期，眾人驚恐萬分，期望透過群組掌握最新返家訊息；新加入者被要求填寫「台灣人位置統計」以及「台灣人物資需求」，當時大家紛紛有著應該很快就可以回家的感受。隨著

加入者眾，訊息不斷被重新公告，每日的訊息有數百條，有很多有用資訊，也有取暖的，當然也免不了爭辯，貼文中出現的很多問題或困難也都即時有熱心的同胞幫忙解答或提供建議，此刻，大家心情是一致的，就是希望能快點回家。當時，僅是封城前幾天。

1月30日，台灣媒體訪問受困的台企協會，下了報導的標題：「我們非常緊急、非常危險」，那就是當時的氣氛，當時武漢確診人數已超過萬人，且每天以千人的數目增加中；大部分受困者只要待在自宅或旅館就應不會被感染，大部分人的飲食也沒有問題。然而，氣氛著實緊張，大家擔心一旦感染可能會禍及全家，當時中國大陸的媒體上出現許多全家因肺炎死亡案例，致使大家精神高度緊繃。大家心知肚明，此時不能上醫院，醫院是病毒的大本營，進了醫院，很可能是死路一條，群組中，大家互相提醒，儘量勿外出（當時尚可外出採買），避免被傳染，也不能生病，須保護自己健康，恐慌的氣氛蔓延在四處的空氣中。

已向海基會求救，並加入群組待援，大家都相信，台灣很快就會設法把大家救回。

受困湖北期間，「微信」群組是最重要的互通有無管道 |

在微信群組中，有熱心的會長委員籌組志工，這些志工也大都是滯留在武漢的同胞，部分是台灣本地人，亦有陸配。他們負責彙整大家所填的資料表，三百多個人以及他們的眷屬合計上千人的資料都靠這些志工整理：有志工每天睡眠時間不到六小時、有志工電話從不中斷一直協助聯繫、也有在台的志工請假數天來幫忙，大家有志一同，就是為了幫助這些受困者儘快能回到台灣，甚為感佩。

1 月 29 日，新聞媒體上已見國台辦未對陸委會所提的「撤僑」有所回應，並宣示在湖北的台灣同胞會受到妥善的照顧，群組中的受困者議論紛紛。同日，武漢台協突在群組中發出一條訊息，大意是：經過多方的協調和溝通，安排滯留同胞返台一事功敗垂成，請大家在當地安心休息，各地台辦會給予大家生活上的協助。此訊息一出，明確告知撤僑專機不可能，大家遭受晴天霹靂，悲傷不已。

熱心會長委員和志工團隨即建立「北部群」、「中部群」和「南部群」的微信群組，受困台人依據戶籍地加入，幾天之後，又建立了「讓我們一起回家群」、

「2月5日返家群」、「湖北全體台胞群」、「湖北滯留人員群」、「滯留幼童學生群」、「返台群」、「孕婦群」、「貸款問題群」,除此之外,還有各地台辦為聯繫當地台胞所建的群組。各類群組每日少則數十條,多則數百條訊息,估算受困兩個多月期間,每個人觀看的總訊息量可能超過二萬則以上。滯留台人每日使用手機時間遠超過平時,每日手機至少必須充電乙次,只要當日有新的訊息,整日幾乎機不離身,大家都深怕漏掉任何一條可以幫助回家的訊息。

　　一位返鄉探親的台人在群上提到:以前幾乎不用手機打字送訊息,這兩個月期間所發的訊息、打的字大概比過去十年的總和還多。在封城孤寂的日子裡,各地域群組的鄉親透過微信聊天,聊生活、聊美食、聊小孩,這閒聊,可以讓人很快度過一天。這裡的每一天猶似當兵退伍前數饅頭的日子,差異的是,在此處是正數,滯留日數每日增加,不像退伍是倒數歸零,鄉親們不知何時可以返台。群組除提供返台訊息、哈拉打屁之外,還大幅強化了彼此的情感,尤其是同鄉同胞,「台灣宜昌親友團」群組中的芳姐提到,從來不知道嫁到台灣的宜昌姑娘有這麼多。此刻,疫

情把大家聚在一起了，談起家鄉種種，彼此感情更深的，有種患難見真情的體驗，大家相約疫情結束後在台灣聚會。

為返家，志工群組織大家自救，包含在 2 月 1 日召開記者會希望政府協助滯留同胞返台，告訴國人這些滯留同胞所面臨到的疾病、用藥、小孩、工作、貸款等問題，並多次澄清這些滯留同胞絕大部分是返鄉探親或短期來鄂者，他們的家在台灣，絕大部分人係持中華民國護照，大家都亟需返台。除此之外，志工群還多次協助安排平面媒體報導，以及和電視政論節目連線受訪，唯一的目的就是告訴國人真相，期望能夠早日歸來。除了台灣媒體之外，志工群也希望藉由國際壓力促使兩岸政府儘速安排滯留台人返台，因此亦嘗試在國際媒體發聲，惟仍無效作收。在包機音訊渺茫的情形下，滯留人員的台灣親友於 2 月 14 日到陸委會陳情，持「我要回家」的標語再次引起媒體關注，同時，也發起滯留孩童把心聲寫給總統，希望能早日回家上學。

群組中也有人發起寫信或打電話到兩岸主管機

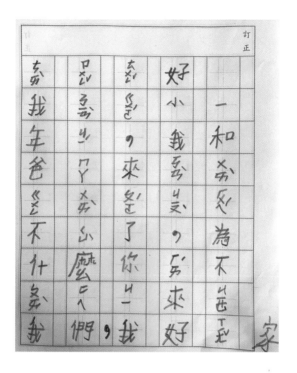

滯留湖北孩童寫給總統的求救信 |

關，請求儘速安排包機事宜。許多人寫信給總統求救，也有人打電話給省台辦、國台辦和海基會，寫信給馬前總統、各政黨領袖、立委、議員……得到的大多是制式的回覆，或安撫的話語，沒有任何人能夠告訴這些已經瀕臨崩潰的滯留台人何時可以返台，部分

立委透過質詢、社群媒體或電視訪問向兩岸政府喊話亦無任何進展。

2 月 26 日，台灣中央流行疫情指揮中心擔心這些滯留湖北人員在疫情結束後化整為零返台，造成防疫上的漏洞，要求移民署對這千餘位滯留台人「註記」，亦要求民航局發函給各航空公司，要求除專案包機及經核准者外，不得搭載管制名單人員返台。這訊息再度如病毒般侵蝕了滯留人員的心，原本向海基會求救的信號和資料登錄，現反而成為註記不能返台的資料，這些滯留人員僅是返鄉探親或旅遊，現成了黑名單，始料未及。國台辦亦以台灣給予了註記不能登機的理由，不樂意安排滯留台人離開湖北前往他處搭機返台。

所有滯留湖北人員都有一個共識，絕不造成台灣防疫負擔，滯留期間均嚴守所有防疫措施，且由於湖北省的嚴格封城措施，所有人均不得外出，等同自我隔離，滯留日數逐漸累積已滿 1 個 14 天、2 個、3 個和 4 個 14 天後，非常確信大家應未染病，各社區或鄉村定期檢測體溫，各地台辦也安排大家做過核酸檢

測，結果均為正常，若能返台，大家也都十分樂意再接受 14 天隔離措施，一再地就是希望台灣相信，這些人並非病毒，他們都是原來居住在台灣的人，他們只是想回家。

若有包機安排，註記不能自行返台亦無傷大雅，惟自 2 月 3 日第一次包機後 37 日始有第二次包機，隨後又中止，3 月 26 日傳出將安排滯留人員搭乘「類包機」自上海返台，所有滯留人員的精神壓力已瀕臨崩潰極限，滯留在湖北的每一天都是折磨，不論專機、包機或類包機，只要能把眾人接回者都是好機，然而這當中存在太多算計，大部分滯留人員都相信，此刻的政治考量遠超過防疫。

包機協商不成，自行返台亦不准，傷心、失望、難過與無助，這一千餘位滯留湖北的台灣同胞頓時成了政治皮球，變為天之棄子。

求救返台不能，灰心喪志亦無助，必須自救，大家設法處理在台的工作問題、貸款問題、相關繳費問題等，海基會堅稱可以郵寄藥品，但事實上不行，台

灣郵政早已不收寄往湖北省快遞，順豐快遞亦僅接受醫療用品但不接受藥品，有些受困台人係託人將藥物帶至中國大陸其它省份再寄到湖北。對這滯留的數百位學齡孩童的家長，最急迫要救的是小孩的教育問題，在受困之初，大家普遍擔憂孩童受困無法在開學前返台會影響課業，當教育部宣布台灣開學日延後兩週至2月25日時，台灣友人的群組中傳來家長哀怨因為上班不知如何照顧延後開學的小孩時；相反地，滯留湖北群組中的家長們鬆了一口氣，心想只要在2月11日前返台還來得及趕上開學，然而，當時直到2月25日開學日，包機依然無望。已開學，必須馬上自學以免落後太多，很多人請台灣的老師拍來課本內容，有些人透過網路尋求教學資源，滯留孩童中各年齡層都有，有國小生、國中生，也有高中生和大學生，國小的課程大部分父母均可教導，群組中傳出媽媽教了小學生習字後才知自己原來筆畫寫錯了三十年，然而，國中的教材就並非容易，國三數學教幾何、教二次函數，這恐不是所有父母親都可親自教授的。國三生和高三生大概是滯留孩童中最受家長擔憂的，他們有著升學的壓力，現受困於鄂，無可奈何，一位新竹女中的高三學生學測成績優異，很有可能錄取台大，

因受困無法參加面試，引起媒體廣泛報導，類似的狀況還有不少。小學生尚且天真不知愁，但國高中生心理上肯定埋下陰影，群組裡大家互相鼓勵，讓小孩在缺書、缺教的不佳環境下成長，他們過了這一關，以後均可過關。

滯留湖北台人家屬前往陸委會陳情

包機撤離

1月23日武漢封城、湖北封省後，各國見事態嚴重，紛紛開始撤僑。1月29日，美國首先撤僑，接送回美國的僑民送到空軍基地進行檢測；1月30日，日本也開始撤僑，前後有數班飛機接送日本僑民與其中國籍眷屬返日，前後撤離約600人；同日，新加坡撤僑；1月31日這天，數個國家急忙派飛機前往武漢天河機場撤離僑民，韓國撤僑近400人、英國撤離約百人、法國撤離約200人、德國亦撤離超過百人；2月1日則有韓國第二次撤僑，以及印度、土耳其、約旦、斯里蘭卡、蒙古、孟加拉、摩洛哥等國紛紛撤僑；印尼於2月2日撤僑；義大利、法國和澳大利亞則於2月3日撤僑。之後，俄羅斯、馬來西亞、紐西蘭、泰國、伊朗、加拿大、巴西等國陸續撤僑。

這些各國撤離僑民中，也陸續有人被檢測出罹患

新冠肺炎，但都能獲得適當治療。由於國情、民風迥異，各國對於撤離僑民的接受度亦有所不同，因為新冠肺炎的高傳染性，僑民撤離後的安置地點在韓國、印尼和澳洲都引起當地民眾的嚴重抗議，深怕將病毒帶進社區。然而，英國民眾則對於該國撤離僑民溫暖以對，送上蛋糕、鮮花、酒及玩具，對他們表示支持與鼓勵；法國政府從武漢接回國民後，把他們安頓在馬賽（Marseille）西方的濱海度假小鎮，一人一室，並可在戶外活動，還能欣賞地中海美景，宛如度假；德國僑民返抵德國隔離所時，告示牌上用德文寫著「出於時間關係，準備工作倉促，但接待方會盡最大努力，希望各位返德人員在隔離期間可以感到賓至如歸」。這些被撤離的各國僑民並不一定是受感染者，也沒有人願意前往疫區，疫情爆發太突然，眾人亦是受害者，接納家人、國人回家是天經地義的道理。

◎ 第一班包機撤離

台人開始受困湖北後，非常多人致電海基會請求救援，海基會於 1 月 27 日發布已接到上百通求救電

話，並已致函海協會，希望能派遣專機接回受困台胞，但遭到「已讀不回」。1月29日，海協會回應：在湖北台胞會受到妥善照顧，軟性拒絕台灣派機接人，同日，微信群組上傳來武漢台協通知讓滯留人員經特殊通道返台協調失敗的訊息，這訊息雖令受困台人失望難過，但也有意料之中之論。近年來，兩岸關係急凍，官方幾無往來，海基會若僅以告知的方式致函海協會，對方必然冷眼以對，何能預期中國大陸會同意台灣派專機來「撤僑」，撤僑是敏感的國與國間的外交手段，在現今的兩岸關係氛圍下，幾無可能。

自古以來，低調常是成功的手段。就在陷入僵局之時，傳來令人振奮的消息，2月2日中午，『武漢台協信息群』突發布一個即將有包機返台的訊息，請大家儘速填寫「登記表與承諾書」兩份文件傳遞給各地台辦，訊息中要求大家在下午三時前完成填表與傳送，眾人手忙腳亂，問題許多，「無法在手機上填寫？」、「傳給誰？」、「一份傳給台辦一份傳給志工群以免被漏掉」……訊息瞬間爆棚。下午四時，截止時間一到，武漢台企協再度發出一個訊息，告知：任務已完成，「武漢台協信息群」就此解散！眾人譁

然。要求不要解散的聲音不絕於耳，一次包機肯定無法載運所有人返家，大家希望該群能繼續提供協助，不要有任何人被落下。會長與志工群擔心此群關閉，請大家儘速依戶籍加入新成立的台灣「北部群」、「中部群」和「南部群」，又是一陣手忙腳亂。事後證實「武漢台協信息群」並未關閉，但台企協等人員已退群，後續的返家運作逐漸轉移至前述三個台灣地區群組，由會長與志工群協助。事實上，當台企協居中協調獲得中國大陸同意安排包機載運台胞返台後，實質運作轉移至各地區台辦，滯留人員除加入台灣熱心人士所建立的台灣地區群組外，也都加入新建的湖北地方群組，譬如「孝感群」、「咸陽群」、「宜昌群」、「荊州群」等。專機返台一事在台灣的媒體亦已廣泛報導。

2月3日，封城後第12天，第一班包機終於成行。當天上午，群組中開始有滯留人員提到已被通知有台辦派人來接去機場，或請前往地點集合再安排巴士去機場，飛機當日起飛，預估是下午或夜間。這些幸運的被通知者以在武漢附近的滯留台人為主，因此，大家認為第一班飛機應該是載運武漢滯留人員返家，其它

城市再接續安排，前一日湖北省確診病例新增二千餘例，其中有一半在武漢市，不少人認為這班搭載武漢台胞為主的班機染病風險相對高，因此即便未被通知搭乘該班飛機，亦未見質疑或騷動，大家提醒搭機者注意防護，祝福同胞們返台順利。這班包機事後證實有一位確診者，以及搭機名單的爭議，在台灣炸了鍋。

第一班包機以搭載滯留武漢台人為主，當時疫情正嚴峻，武漢民眾雖可出門，但已無任何交通工作可搭乘，因此很多人提出如何到集合點的困難。有一位小姐原先預計走路數公里前往集合點，幸虧在路上遇見一輛善心的電動三輪車願意送他一程，這種恩情可以想像，畢生難忘。部分人接到電話，台辦早上七點上門接送，這是比較幸福的同胞。群組中已有人獲得通知，包機費用為每人人民幣 1,200 元。群組中又傳出有人已接到台辦通知搭乘下一班包機，預定二天後，2 月 5 日出發返台。未獲通知的滯留人員急了，又是一陣騷動與訊息炸彈，大家深怕被落下。

由於證件、文件等問題，第一班包機拖延到當天晚上八點多才開始登機，登機前做過數次的體溫檢

測。當晚接近午夜，飛機降落桃園機場，媒體大陣仗轉播，特別的通關方式強調高規格的防疫檢查措施，又耗時數小時，這一批返台同胞分別被送往林口、烏來和台中隔離，最晚抵達隔離所者已是隔日清晨六點，距離出發時間整整二十四小時，過程中，不敢飲食、少有交談，全程緊張，尤其是攜帶孩童的家長更是辛苦。抵達後，在湖北的群組中響起一片掌聲，紛紛致謝海基會、台辦系統和熱心的會長和志工們。當夜，返家者終於安心，未返家者亦甚感興奮，因為，他們認為，兩天後就輪到自己回家了。

隔天，群組裡依然熱鬧，如同過年般，有歡天喜地的感覺，滯留人員詢問隔離所夥伴相關事宜，「隔離所位置？」、「親友能否寄送物品」、「生活用品是否有提供」、「能否燒開水」、「能否洗衣服？何處可晾」、「能否上網」……又是一個超過數百條訊息的上午。一個台灣報導的貼文讓眾人討論迅速安靜了下來，由於前日包機的一些爭議，台灣傳出後續包機還沒下文的訊息，輿論開始轉向，滯留人員群組氣壓急速降低，志工出面安撫「相信政府，我們一定會一起能如期回家」。

◉ 原訂第二班包機取消

　　許多人在同一時間已收到各地台辦的通知，準備搭乘 2 月 5 日第二班包機返台，亦有台辦告知有飛機也不一定走得了，訊息混亂。有滯留台人收到台辦通知，前一日 2 月 4 日來接送前往鄰近的主要城市集合，這些被通知者都是居住在比較偏遠鄉下的滯留人員，一般人可能難以理解為何搭包機返台需要提早一天即出發，當時的湖北省都已實施嚴格的交通管制，沒有通行證者無法上路，且每個行政單位（村、市）都要申請通行證，因此，手續繁雜，加上關卡許多，檢疫嚴格，路程勢必耗時許久，為能順利抵達機場，部分距離機場較遠城市且居住在鄉下地區的滯留人員就必須提早一天出發。一位滯留在宜昌市郊區鄉下的台灣人記錄他未成功的返家之路：

　　原先在第一班包機尚未降落時即已通知須馬上收拾行李，提早兩天先前往宜昌，我問台辦人員為何需要提早到兩天，對方回覆主要是接送交通的安排，由於疫情防控關係，接送車輛（出租車）安排不易，最好當天先走，我急忙地收拾全家行囊，有種逃難的感

覺，兩個小時後，他們通知車輛已安排好，改隔天走。

這期間已經開始填很多資料，一遍又一遍，台胞證號、護照號碼、地址、電話……全家號碼幾乎都能倒背如流了。

2 月 4 日中午 12:00，村裡的書記準時開車來接，返家之路啟動，緊張但又興奮，心裡想著這惡夢就要結束。由於昨抵達的夥伴最遲到隔天清晨才進隔離所，假使第二班機亦是如此，那從離開家門可能要耗時超過 40 小時才能到台灣隔離所。心驚，小孩怎受得了。只能忍耐，希望這輩子就這一次。

離開住家後，歷經六個關卡，村和村之間早就封閉，都需要通行證才能通過，進入城市也要證，進入高速更是大關卡，當場還要申請離境（鎮）證明，幾乎每個關卡都要量測體溫，是緊張的，緊張的是假使體溫高，不是不能離開而已，還可能會當場被帶去隔離集中觀察，還好順利過關。

第一關

第二關

第三關

第四關

自郊區集合至大城市等待包機途中歷經六個關卡 |

　　從郊區要前往宜昌市集合的除了我們之外，還有另外一戶，我們先由村裡被送到鎮上，再轉由宜昌市台辦接手並換車前往宜昌。途經鎮內城區時，親眼目睹那驚人的一幕，整個城市就像是睡美人故事裡那座被巫婆催眠睡去的城堡一樣，靜悄悄，沒有商店開門，沒有人在路上走動，各路口、各社區口都有帶著紅臂章的督察進行控管，沒有親眼所見，很難體會新聞上寫的死城的感覺。而我們無法當那王子令這城市甦醒，我們就像庚子年的鼠，急於逃離。

2月4日下午兩點抵達宜昌市台辦安排的旅館，很多台灣鄉親都前後抵達了，共約60位，台辦交代我們不要出門，即將進行身體檢查，等候了三個多小時，期間只能在房間踱步，小孩打起枕頭仗，殊不知隔日的緊張。身體檢查即是量測了體溫和詢問旅遊史，又簽署了一份承諾書。

　　傍晚六點準時放飯，我們家四人，台辦送來了四袋食品，是當天晚餐和隔日早餐，防疫的關係，已無熱食提供，袋子裡有兩盒泡麵、兩瓶水、兩個麵包和兩瓶牛奶。衷心感謝台辦人員，這種特殊時期，他們還得張羅我們的交通、飲食。旅館費是滯留人員自付，交通和飲食由台辦提供。

　　一個大約四坪的房間，擠了四位想回家的台胞，兩個大人不停地關注著網路，深怕漏掉任何一個重要訊息。確實是的，這期間填資料填到手軟，大陸用微信，且直接在微信上填WORD和EXCEL，對於少用微信的我，一開始不知道需安裝WPS軟體才能修改，且這些文件都是馬上要交，很緊張。省台辦要資料、志工團隊也需要資料，到處都要資料，填完了這

格式又填另一種格式，確認資料時，常見群組中有人問起，我的資料為何沒有？我的資料有錯……等，很強烈的感受到，每一個人都深怕被遺棄，不能回家。但，幾個小時之後，確定大家真無法回家……

這時，小孩在看電視、嗑瓜子、吃麵包、水果和自己帶來準備當路程餐點的 15 顆煮熟雞蛋。對了，他們還有打架，父母親還要勸架。

出發前就有準備，路上和飛機上的東西完全不敢碰不敢吃，第一班機的人說他們到隔離處所時才吃到東西，所以我們帶了些雞蛋，準備熬過兩天，加上台辦送來麵包，補充了些物資，很開心，但，麵包馬上被小孩吃掉了。

台北已開始傳出沒有第二架包機的消息。我們一再確認，台辦回覆行程沒變，隔天 2 月 5 日早上七點半集合、八點出發。早上六點起床時，見到群組裡未讀訊息已有數百條，我發現我們的資料有誤，先送出「剛看到，拜託再等我 5 分鐘」，深怕無法順利出關或入關，然後再用發抖的手填妥送出。昨深夜，陸委

會公開說明今日無包機，早上也開始傳來部分城市已取消返台包機行程的訊息，宜昌的台辦持續回覆行程不變，當時樂觀的想，或許那些被取消的是第三班或第四班包機，我們第二班的不變，現今只能跟著指令做。七點就有人發送「車來了」的訊息，非常緊張，快把物品塞入行李箱，小孩還沒醒直接抱走，上了車，全車瀰漫緊張氣氛。

擔心到台北時應變不及，我們的行李箱昨晚早已分家好了，第一班返台包機的夥伴回傳，全家隔離時不能同住一間，只能一大人帶一小孩，如果只有夫妻兩個人也要分開隔離，所以，行李必須先分好，因為到台灣時沒有機會分配。很殘忍地，要小孩抽籤，誰跟爹誰跟娘，小孩為了抽籤還吵架，實在無言。

車上又再度簽署了文件，大家都不知道為什麼簽署那麼多次，但為了回家，一律都很快地簽上了名，全副裝備的檢疫人員再度上車來量體溫。車還沒開，兒子已經坐不住了，已經教育了好幾天，五分鐘就破功，女兒則是一直問車要開了沒，問了超過三十次，她一直以為馬上就要搭飛機了，搭上了飛機回家就可

以吃到蛋糕。我一直跟她說，車子在加油，再等一下。

為了小孩，準備了無數的糖果、餅乾、平板影片……希望能撐到 20 小時以上。

群組裡一直傳來消息，集結在各城市準備前往武漢機場的人紛紛表示已接到訊息：包機取消。這時，宜昌市台辦主任上了我們的遊覽車，對我們宣告同樣的訊息，他提到原本是當日兩包機，明天 2 月 6 日兩包機，目前都取消，請大家暫時回房等消息。從昨晚到今早我們知道可能有變數，也知道很多人正努力地在協調，有經驗的人告知，和中國大陸商談事情常會在最後一刻才成功，但，這次是失敗收場。車上的鄉親難掩失望的表情，但往好處想，還好不是到了機場才取消，那時恐怕進退不得。宜昌市距離武漢天河機場有 350 公里，剛好是台灣南北距離。大夥取回自己行李，再度拿回房間休息，很多人心想，或許再協調一天應該沒問題了吧，頂多再住一晚，包含我。

我告訴女兒，車壞了，要修理，明天我們再去搭飛機。

不久，訊息傳來，請在房間等，台辦正在申請通行證，下午兩點車子來把我們接回原住處，中午台辦又送來和昨日相同的一份午餐。我問台辦，要是明天（2月6日）包機要走，現在回去會不會來不及過來宜昌集合，對方回：「不會的」，不是不會來不及，是明天不會有包機，心開始冷。他後面再加上一句：「請大家在家堅守，等過完疫情期就好了」，心死！

　　一模一樣的過程倒過來，又通過六個關卡回到住處，已近傍晚五點，我趁下班前再撥電話給海基會，這是我第六次打去，詢問何故包機取消，依然是很制式的回覆，把我的資料又重新登記了一次。

　　兩天宜昌返台未成之旅，帶回 12 包泡麵和水，還有傷心和失望。

　　第一次包機出了不少狀況，在台灣炸了鍋。

　　陰謀論、病毒論、木馬屠城論……吵翻了天，整體的輿情對再度安排包機把滯留湖北台胞接回極端不利。此刻，願意接納這些滯留台人的僅剩他們的

集合欲前往搭乘包機時，台辦準備的晚餐

家人、親戚和朋友，滯留台胞的心裡納悶著，不能理解為何一個國家把自己的國人棄之於不顧，眾人心裡有數，大多數的旁觀者都心想著，這些人不要回來最好，萬一帶著病菌回來就慘了、台灣的防疫體系會被擊潰等等，如何防疫，如何因應成千上萬的國民回家是政府和民眾要共同努力的。政府不能說：這些人回

來台灣就慘了，船就沉了，所以最好這些人不要回來，要量力而為，除非，他們不是我們的家人、我們的朋友、我們的國民。疫情發生後，世界各國都緊急地接回他們的國民，因為他們深陷險境之中，無論他們是否染病，先接回再說。到 2 月 5 日，所有滯留台胞均已在住處自我隔離 14 天，返台路程上的檢測、防護亦不馬虎，由於兩岸間的不信任，導致包機取消，這並非防疫問題，這是一個政治難題。

◉ 橫濱模式、成都模式包機返台

2020 年 2 月 1 日，一位香港民眾搭乘「鑽石公主號」郵輪下船後被確診感染新冠肺炎，郵輪自 2 月 4 日開始停靠在日本橫濱隔離檢疫，該船共約有 3,500 位乘客和船員，隨後，每日均有多人確診，最後合計有 700 餘人確診，感染率達 20%，2 月 21 日，台灣派遣專機接回 19 位民眾返台隔離，高規格的檢疫與防護是所謂的「橫濱模式」。當日，湖北省新增診病例為 366 例（其中 314 例在武漢市），已是疫情肆虐以來連續三日降至千例以下，疫情已趨緩，見到台灣全力

接回高感染率的郵輪遊客，但對滯留湖北台人接返仍陷於停擺，心情低落。

就在包機僵局未解，2月24日傳來單點突破的好消息，一位受困荊門市的白血病童，在針藥即將用盡之時，在台商協會協助與兩岸政府默許下，夜行千里前往四川成都搭機返台，受困台人衷心祝福該母子，並燃起是否可以該「成都模式」讓大夥返家之期待，依然失望。此白血病童因故未能搭上第一班包機、第一次千里送藥都引起媒體廣泛報導，任何在鄂漣漪都能引起在台大波瀾，然而，很多媒體報導並非事實。

第一班包機已經離開了37天⋯⋯

◉ 第二次雙包機執飛返台

3月9日週一夜間突然再度傳來重啟包機一事，且隔日（3月10日）馬上成行。此次具有突破的意義是因為由中國大陸的東方航空公司和台灣的中華航空共同執飛，這或許也是在雙方信任不足下的折衷方案，居中協調的民間人士肯定費盡苦心，為了接送已

經滯留湖北超過 50 天的台胞返家。

　　兩架飛機約可以載運 400 餘人，搭機名單永遠是一個深不可測的謎，當晚深夜才有人於群組中證實已被通知，可以確定的是，此包機搭載人員並非原先 2 月 5 日規劃返台的名單，台灣陸委會提出 121 位弱勢優先名單，並堅持「強調弱勢、防疫優先、量力而為」的三個原則，中國大陸國台辦則希望儘快將滯留台胞全部送回，此行最後共搭載了 361 位台胞返家。

　　搭乘包機的過程與 2 月初第一架包機大同小異，均由台辦系統安排交通車輛接送滯留台胞前往武漢天河機場，遠程者清晨五時即出發，各市台辦人員多有陪同前往機場。原預計傍晚起飛的華航班機，因為檢疫流程、資料填寫流程等問題耽擱起飛，預定搭機者部分因交通問題，無法抵達機場；部分因尚未取得核酸檢測報告；還有一位已登機者因體溫過高被請下機，卸下其行李，耗時甚久，日後得知該人係懷孕導致體溫高。由於時間耽擱，第二班東方航空包機抵台已是隔日清晨，雖累，但，畢竟是返台了，尚有千餘名台人滯留受困於湖北無法回家。

3月5日起（封城第43日），湖北省除武漢市外，其它各城市均已無確診病例。湖北對於疫情復原期各城市的風險劃定標準是，以縣市區為單位，無確診病例或連續14天無新增確診病例者為低風險地區；14天內有新增確診病例，累計確診病例未超過50例，或累計確診病例超過50例，14天內未發生聚集性疫情者為中風險地區；累計病例超過50例，14天內有聚集性疫情發生者為高風險地區，自3月20日開始，湖北省除武漢外，其它城市均已為「低風險」城市。

　　封城迄今已逾兩個月，沉睡的城市已逐漸清醒，各式管制措施已陸續移除，交通恢復，商家開門，民眾也開始往來，工人亦開始返回工作崗位，農曆年未完成的拜年重新上演，生活已大致恢復至疫情前；3月18日（封城第56日），武漢市確診病例亦歸零，湖北省全境解除封鎖日期已指日可待，眾人卸下緊張的心情，然而，對滯留台人來說，沒有喜悅，因為，他們依然無法返家。

　　包機的訊息再次消失，原本眾人期待全境解封後自行返台隔離的想法也因為「註記」而無法上機。眾

人不解 2,400 名寶瓶星號遊客可以一天內檢測完成下船、高感染率的鑽石公主號遊客也能專機接回，自 3 月中開始歐美疫情大爆發，其嚴峻程度比當時武漢狀況有過之而無不及，遊客仍能自由返回，不須包機亦無註記；但同樣是在台灣生活、繳稅的滯留湖北台人，在歷經自我隔離超過 60 日、核酸檢測正常、當地疫情已消失的狀況下，仍不能返家，包機沒有，自行搭機亦不准。滯留台人的心情已無言語可以形容，他們是被拋棄的一群。

◉ 第三次兩班類包機返台

3 月 10 日返台湖北台胞已經過 14 天集中隔離返家，滯留湖北台人仍動彈不得，隨著宣布 3 月 25 日湖北省除武漢外其餘地區解封，眾人心情苦悶但也漸顯輕鬆，深知返家之日不遠矣。此時，群組中訴求的都是期望解封後可以解除加註在大家身上的標記，如同在歐美台人一般，可以返家隔離。

3 月 26 日星期四一早，海基會一份新聞稿開啟了

很多人的返家之旅。台灣將安排 29、30 日兩班原本航行於上海至台北間的定期航班，技巧性地排除一般旅客訂位（事實上已幾乎無旅客自陸赴台），僅供滯留湖北台人搭乘，稱為「類包機」。眾人興奮不已，急忙登記，海基會派員詳細核對欲搭機者資料並於隔日回覆是否成功訂位；當日，據稱訂位已滿兩班飛機載運量 440 位，部分滯留人員被通知候補，落寞之情難以言表。

另有部分滯留人員則因為需要前往上海搭機，路程過於遙遠，自願放棄。很多人亦不能理解，眾人受困於「湖」，但撤離班機卻在「海」，上海距離湖北約 1,200 公里遠，其間還隔著安徽省和江蘇省。

台辦系統也證實了，此安排並非兩岸協調結果。台辦系統一開始亦是丈二金剛摸不著頭緒，開始有滯留人員請求台辦協助前往上海，然因此規劃非兩岸協商結果，無法協助安排交通工具前往，並提醒各省防控政策不明，需確認後才建議前往。眾人約耗時超過一天探詢各地防控措施，大家最擔心的一點是：是否能進入上海，進入後是否會被要求隔離。沒有任何人能

給肯定答案，眾說紛紜，且幾乎每日一變，返家的班機就停在彼處，卻難以前往，急迫心情，難以言喻。

較多的訊息顯示，只要備妥「健康碼」即可進入上海且不會被隔離，但台人無法申請健康碼，可以村委會開立之「健康證明書」替代。另外，大家彼此提醒也攜帶著核酸檢測報告以備不時之需。此時的湖北部分車站和機場已重新開啟，但班次尚未恢復常態，且欲離開湖北省者眾，距離類包機起飛僅剩三天，自湖北前往上海的機票和火車票均已不可得，滯留台人開始思考各種可能途徑前往上海，有人先搭火車往南前往長沙再飛往上海、有人反向搭火車前往重慶再飛上海，更多人考慮旅行間遭遇人群的染病風險，決定自行邀約合租巴士直達上海。

以宜昌前往上海浦東機場為例，車行距離約 1,200 公里，單純車行時間約 15 小時，中國大陸規定凌晨 2 時至 5 時不得行駛，加上中途休息時間，預估實際搭車前往上海約需超過 20 小時，等於是北高行駛 5 趟次的時間，幾乎無人有如此長久搭乘巴士的經驗。自從中國大陸高鐵系統建構之後，已無過去配備有臥鋪可

供睡眠之巴士，現存均僅是標準巴士車輛，想像這長途旅程，千里跋涉，不免恐懼，尤其是攜帶幼兒者。

一位自宜昌郊區出發的台人記載他們的旅程：他們 26 人租用一輛巴士，29 日上午 11 時自家中出發前往宜昌市區換乘巴士。下午 13 時巴士啟程，遊覽車上播放著應景的電影「人在囧途」，看了心酸。下午 17 時 30 分巴士通過武漢，晚上 19 時 30 分進入安徽省，隔天 30 日 0 時 30 分進入江蘇省，2 時至 5 時休息，8 時進入上海，10 時 30 分抵達上海浦東機場，自離家到抵達機場總共耗時 23 小時 30 分鐘。路途上停車休息數次，時間很短，那一晚，這家四人站在車外的寒風中快速地共食了一碗泡麵當晚餐，司機提醒，必須繼續趕路。這車上有小孩 9 位，最小 3 歲，小孩不知發生何事但也很懂事，沒有吵鬧，隨著父母奔波千里，夜行上海，只為返家。

「類包機」於當日下午開始購票與劃位，單程票價大人 2,100 元人民幣，小孩 1,700 元，僅限付現或各式支付，不收信用卡。此時，名列全球十大的上海浦東機場冷清到令人訝異，該航廈全天除了類包機

外，僅有另兩航班。在候機室中，眾人已顯露開心的笑容，能進入到候機室代表已通過各式檢查，大家雖仍戴上口罩作了基本的防護，但愉悅的心情從眼神就可知。類包機準時抵達，進入機艙後，發給每人一件防護衣和一副護目鏡，請大家自行穿戴。飛機上扣除商務艙未安排人乘坐外，其餘位置幾乎滿座，各人之間並未有間隔安排。飛機上，空服員均穿著全套防護衣和護目鏡，若沒有出聲，幾乎分不清是空姐或是空

｜ 幼兒陪同父母夜
　行千里只為返家

少，抑或是醫師、護士。空服員分發了好幾份文件，都是抵達後防疫程序所需，預先填寫可加速稍晚的作業流程。起飛後，機長第一句話：「各位，我們來帶你們回家了」，讓滯留許久的台人熱淚盈眶，僅 80 分鐘的飛行，大家幾乎等了快 80 天。

如同前幾次包機，這類包機撤離亦引起媒體廣泛報導，抵達桃園機場後的檢疫過程也顯得有序，但由於人數眾多，仍耗時許久，9 時 30 分班機抵達，接近凌晨 1 時才出發前往隔離所，進入隔離所時已逾 2 時，眾人疲憊不堪，但內心微笑，不管是「類包機」還是「累包機」，終於還是回家了。

◉ 政治與防疫

包機撤離滯留湖北台人返家本應該是件單純的事，然而，防疫遇見政治，出現了強非線性交互作用。明眼者均知，海峽雙方的政治考量絕對大於防疫，原本台灣期望的「專機撤僑」最後成了「包機返鄉」，兩岸政府間存在巨大的矛盾，各有謀略，陸委會要求弱勢優先，並擬定第二次包機 121 位名單。國

| 世界排名前十大上海機場空蕩無人

台辦認為一週內幾趟就可接運完畢,自然沒有誰先誰
後的優先名單問題,況且湖北有台灣五倍大,這121
位若是東一位、西一位,在防控期間,出入極端困
難,難以實現。國台辦必然以一區一區為考量安排前
往搭機。2月3日第一班包機以滯留在武漢的台人為
主,原2月5日、6日接續的第二、三次包機完成全

部運送即是如此規劃，3 月 10 日的包機名單事實上也是如此原則安排，事後證實，很多孕婦、幼童也均未在 121 位名單中。

在搭機防疫作為上，台灣提出參考橫濱模式，該高規格模式在 2 月 21 日鑽石公主號有 20% 感染率時採用確有必要。3 月 10 日武漢第二次包機成行時，眾人著隔離衣、護目鏡，但未有間隔座位，此時湖北疫情已大幅趨緩，兩岸各退一步取得中間做法值得肯定。事實上，第二次包機隨行之台灣醫護人員返台後稱，中國大陸的檢驗標準高於台灣，譬如體溫超過 37.1 度即不能登機。3 月 29、30 日的類包機亦僅是量測體溫，隔離衣進機艙後才自行穿戴，要是以防疫為最優先考量，就應該避免讓台人奔波千里並與外人廣泛接觸，自湖北前往上海搭機，假使當時疫情真偽嚴峻，此舉才是令滯留台人曝於風險中，增加防疫難度。第一次包機的木馬屠城論隨著時日過去，可以更理性地看待，當時有兩位台商在武漢已確定染病，但並未登機返台，若安排染病者上機，試圖擴大感染，癱瘓台灣醫療體系，也未免過於笨拙，且輕視台灣的防疫能力。疫情在全球爆發，人們驚恐萬分，台灣也

深憂出現大爆發造成醫療體系崩潰，因此在撤離的策略上，強調了量力而為。

自 3 月中旬開始，歐美疫情大爆發，每日自嚴重歐美疫區返台民眾數千到萬人，對比身處疫情已緩無新增案例的湖北千餘名台人尚未能安排包機接回，量力而為的說法實難令人信服。4 月 8 日武漢解封，這些滯留台人身上背負的「註記」仍未解除，無奈與憤怒，對比於此時歐美疫情與自當地返台民眾之佛性處置，以及台灣確診病例之來源，仍持續給予武漢滯留台人註記實令人不解。

一切的種種均指向兩岸在政治上的考量遠大於疫情防控的因素，兩岸政府都稱以人民福祉為考量，然而政治上的因素延緩了這一切，政治是一切為人民服務的事務，但，在這事件裡，政治成為阻礙家人回家的原因。本書付梓時，尚有數百滯留湖北台人仍在靜待任何形式的包機或專機返台。

於停機坪內實施檢疫與通關

滯留湖北台人包機返台情形 ｜

媒體與輿論

　　早期的媒體僅報導新聞，讀者或觀眾單向接收訊息，特定議題可能成為茶餘飯後閒聊的內容，無傷大雅。然而，由於網路發達，智慧手機興起，所謂的互動式媒體興起，每件報導都開放讓讀者或觀眾在留言板表達意見，原本良善的美意變了調，躲在鍵盤後面的人們肆無忌憚地對各事件發表無須負責的言論，偏頗的論述或咒罵到處出現，只要沒有針對特定人似乎也不存在法律責任。當一件新聞有數千則留言批評該事件不正確時，少數認為它正確的聲音被消滅、被霸凌，整個風向被往一處帶，人們喪失了思考能力，普遍認為比較多人所說的即是正確。在那個環境下已經無法單純、公正、中性地表達讀者或觀眾的看法，它甚至還會帶來反饋。當媒體發現讀者或觀眾的風向往某一處時，媒體發送出來的新聞也無形中會往該處偏以迎合觀眾，惡性循環。

這樣的媒體風向不僅是影響民眾茶餘飯後的消遣，它已經是到達影響國家政策甚至決定領導人的地步。2018 年和 2020 年台灣的縣市長和總統選舉不正是如此？這種狀況，絕非國家之福。

　　接送滯留湖北台人返家這件事在政治和防疫上原已是極端的複雜，再加入媒體和輿論的推波助瀾，已經完全失控。

　　2 月 3 日，有史以來第一班從中國大陸撤離民眾的包機引起媒體和全台民眾廣泛關注。當開始傳出名單未符合弱勢優先，以及出現確診案例時，輿論群起攻之，「滾回大陸」、「不要回來散播病毒」、「回來浪費台灣資源」、「肯定在搞鬼」、「死在中國」、「才心臟病而已，晚點回來也沒關係」等極盡難堪的字眼歷歷在目，留言的人彷彿和這些滯留台人上輩子有殺父之仇一般，這些留言者大都僅閱讀媒體片面的報導而下了狠毒的註解，反中情緒高度民粹化、惡質化。究竟是什麼原因讓他們對這些滯留台人有這樣意欲大卸八塊的刻骨之恨，難道他們的心裡遺失了善與愛，而被仇與恨所占領，這些滯留湖北的人都是大家

的同胞，絕大部分是持中華民國護照的台灣人，他們或許不是這些鍵盤魔人的直接朋友，但有可能是隔壁鄰居的友人，滯留的小朋友有可能是親戚家小孩的同學，試想，如是親友，是否還會出現這些偏激不理性的話語，能否將心比心？不論他們是否為親友，都不應出現這些詛咒的言語，應該理性討論當中的對話、缺失，設身處地為他人著想。但，這在目前的媒體與其讀者身上已不復見！

台灣是民主的選舉制度，但民主已流於民粹，當大部分不理性的網路讀者，不用負責任地表達偏差的見解時，我們的政府決策也被影響了，美其名是民意，假使如此，何必有政府，所有政策均由民意決定即可，大家普遍都認同，大部分民眾是盲目的，都被表象所蒙蔽。政府更應該來導正，提出不同的見解，公正論述，才能取得真正民意。

近些年來，政論節目盛行，這些節目每天尋找新聞熱點，當發現這第一班包機有缺失時，就似看見獵物般的興奮，這些論政者彷彿是當事人，好像他們是搭著包機返台一般，大力批評，口沫橫飛，所講內容

通常僅是媒體報導再加油添醋而已，昧於現實，這些言語聽在滯留台人的心裡是多麼的悲傷與難過。

經過幾天媒體與輿論的負面報導與評論，包機在第一架次後中止了。群組裡的同胞內心呼喊著，大家只是要回家，回到平時上班、上課的地方，竟然這麼難。

滯留的兩個多月期間，熱心的志工們積極安排媒體發聲，把這些受困者的心聲和困難讓國人知道，期望求得一絲的憐憫和關懷，早日安排接送返家，但每每報導後隨之而來的攻擊、冷落，令人心灰意冷，打退堂鼓。滯留台人可以理解一般民眾憂心疫區同胞返台的心理，但遭致全面性的反對，讓人不禁思考：這是一個他生活的地方嗎？終有一天眾人會回到這片土地，希望可以把心裡的怨轉成愛，愛自己也愛他人，讓輿論霸凌這病毒根絕。

歸途

疫情在 2 月上旬達到高峰，隨後逐步緩和，其原因很簡單，非常強力、近乎無情的封城措施，將人定於某處，再將染病者、可疑者篩出治療，此法有絕對的效用，在疫情擴散全球後，各國也都採取封城、封國的方式防控，然而各國大都是實施偏軟性封城措施，只有在中國大陸封鎖措施才能實施如此強力、如此徹底，也因為如此，使疫情得以在一個月左右達到高峰，三個月左右終結。

3 月中旬開始，湖北省的新冠肺炎疫情已顯著趨緩，無新增病例情形已經持續多天，人民重展笑容，城市逐漸甦醒，街道再度熱鬧了起來，街坊鄰居的問候聲久違後再次聽見，超市裡的人們慢慢卸下彼此間的防備，在歷經重大的傷亡損失後，健康存活的人們對大自然只能敬畏。

中國大陸電子化的時代起步很早，使用如支付寶、微信等第三方支付方式盛行，沒有這類支付工具的人在中國大陸很難生活，同樣的原理也應用到疫情回復階段的監測，透過科技網路發達的優勢，各省市紛紛開發「健康碼」作為防疫措施，健康碼是一個把個人健康狀況電子化的小程式，它通常分為綠色、黃色和紅色三種動態，綠色代表可以健康通行，黃色代表要進行七天的集中或居家隔離，需連續七天健康打卡才會由黃轉綠，紅色代表要進行十四天集中或居家隔離，連續十四天健康打卡才會由紅轉綠。這種健康碼看似由民眾自行打卡登錄，然而，它事實上是藉由手機定位掌握持有人的位置，根據該位置的疫情資料來給予燈號。估計中國大陸約有上百個城市研發自行的健康碼，許多城市都藉由健康碼進行動態管理，進出超市、坐公車、搭地鐵、坐計程車、上班復工，都必須掃碼，有綠碼才能通行。然而，它對滯留台胞無用，健康碼需綁定手機及實名認證，台胞不可辦，只能請求村委會開立健康證明，無該證明亦寸步難行。

　　支援湖北的其它各省醫護隊均返回了，各省以英雄凱旋歸來之禮相待，部分湖北景區或旅館宣布對幫

助他們的醫護人員終身免費。湖北省各地也開始組織專車，將在東南沿海城市工作的工人以點對點的形式送回，中國大陸其它各省仍對湖北省居民持有戒心，受到歧視或不公平對待的情形仍到處存在，需要時日來化解。

即便尚有不少染病者還在醫院治療中，但疫情將過，湖北省以及中國大陸其它各省市已經開始返回2019年12月以前的生活。這個年，改變了很多人的一生，有些家庭成員不復在了，對活下來的人，他們的驚恐和傷痛恐要非常久的時日才能消弭。

對滯留湖北的一千餘位台人來說，兩個多月的封城生活，他們每日在「微信」和「發呆」中度過，他們的感受，從疫情初期的「擔憂」、「緊張」和「害怕」，到疫情控制後的「無奈」與「無助」，再到疫情近乎結束但仍未能獲准返家的「絕望」和「憤怒」。他們擔憂孩童生病、擔憂孩子課業、擔憂工作不保、擔憂生活無繼，家人也擔憂他們；他們期待疫情結束、期待註記解除、期待包機快來、也期待能排上名單，持續不斷地「落空」和「失望」。無數次的期望

和失望讓受困者心理壓力瀕臨臨界點，很多人因而失眠、精神耗弱、脾氣暴躁。2020 年這春節，沒有預期地，他們被迫和家鄉、親友、同學分隔兩個月有餘，他們相信必能返家，只是不知是何夕？歸鄉那日，他們必定感動萬分，也萬分感慨，一場疫情，讓人見識人情冷暖、政治無情。

「寄蜉蝣於天地，渺滄海之一粟」，在疫情面前，人類顯得如此渺小和脆弱。所有經歷過這場事件的人們永遠不會忘記這過程，也會記得曾經幫助過他們的人，期待人間有情，到處存在。

李芮／台北‧武漢

孩子，你什麼時候能回家？

從武漢到台北，2.5 小時的航程，兒子已經走了 46 天，回家的路怎麼這麼難？

2020 年初的這次疫情對全世界捲入其中的每一個人都是一次傷害。而風暴中心的我們，傷痕尤深。在疫情還未過去的當下要揭開尚未結痂的傷疤，真的很痛。希望這樣的書寫會讓我們增加免疫力，在疫情結束的時候不至於被潮水般湧來的 PTSD 淹沒。

1 月 20 號，對很多人來說是個再普通不過的日子，對我們家來說有點特別，因為這是小孩第二次獨自一人短期出行的日子。去年暑假我們也試過讓當時

15 歲半的孩子獨自參加了一個為期三週多的夏令營，回來時他收穫頗豐，我們也很欣慰孩子的各項能力在夏令營中得到了顯著提高。12 月底滿 16 歲，又是男生，我和孩子爸爸希望用這趟我們認為幾乎沒有風險的旅程再次鍛煉孩子的獨立生活能力。

這趟武漢的探親之旅孩子盼了很久。從上國小六年級開始兒子對歷史很感興趣，也因此這幾年裡他在課餘將台北大大小小的古跡一一走遍，兩年前的暑假，在兒子的安排下，我們一家用了一週的時間，將台南的古蹟細細瀏覽品味了一遍。

每次看著孩子站在古蹟現場，久久凝神沉思，作為媽媽的我，非常欣慰，人類是從過去走來，連接過去才能更清醒地走向未來。而曾在武漢度過童年時光的他還依稀記得外公外婆曾經帶他去過黃鶴樓、古琴臺、東湖還有漢口的江漢關碼頭，當在國文課本學到「故人西辭黃鶴樓」、「芳草萋萋鸚鵡洲」時，在歷史課中學到 1858 年天津條約增開包括台灣府、淡水、漢口、南京等 10 個通商口岸時，他都特別有感。這次他希望用短短的寒假故地重遊，也看看外公外婆，讓

疼愛他的兩位老人享享天倫之樂。

　　下午的航班，吃過午餐，我們讓孩子將早就準備好的行李搬上車，一家人前往桃園機場。看著身高快追上爸爸的孩子拖著行李箱，興奮地和爸爸並肩走在我前方，父子倆邊走邊討論著一路上需要注意的事項，當時的我萬萬沒有想到這趟旅程會這麼艱險、這麼漫長。當時雖然有聽新聞說類似 SARS 的病毒在漢口的華南海鮮城出現，但是並不知道已經開始人傳人，也覺得如專家所說的，可防可控，短期旅程應該不會受太大影響。儘管那天內心深處的某根神經有過異樣跳動，但並沒有讓我產生足夠的判斷力。看著兒子瘦長的身影在機場入關的人群中漸行漸遠逐漸模糊，心中泛起一絲漣漪，先生還將我跳起來張望兒子入關狀況的可笑身影拍了下來，當時的我也以為只是兒行千里母擔憂的正常心理狀態。

　　晚上接到兒子的微信報告已經順利抵達，深夜 11 點了，外婆還讓他在睡前喝了一碗老人家拿手的自製米酒。然而，第二天的新聞報導讓我們的神經緊繃起來，疫情似乎一下子變得嚴重了。馬上向外婆表達了

我們的擔心，我不斷囑咐老人小孩都戴好口罩，謹慎出行。因為叮囑的頻率有點高，外婆發牢騷道「你們要是不放心，就讓他提前回去唄」。當天晚上，我跟先生商量，既然老人家開口了，那我們就順水推舟。第二天22日（封城前一天），我們跟外公外婆再次確認是否讓孩子先回來？外婆回答，她也看到新聞了，這種狀況也不能攔我們，不然萬一後續出了什麼事她也擔不起這個責任，於是我們買了23日回台的機票。當晚，帶著第二天晚上兒子就會回家的安心，我們沉沉睡去。

沒有想到的是，23日早上一醒來，打開手機我們便看到了「武漢十點封城」的消息。整個人處在震驚中，不相信封城是針對當下在武漢的所有人，因為看到消息的描述是「市民不得出城」，並沒有說兒子這種境外人士不得出城，於是懷抱希望聯絡航空公司想了解是否飛台灣的飛機還可以啟程，電話接通全都是語音留言，完全得不到任何回覆。正在網路上尋找線索時，收到先生發來的華航通知：因天河機場關閉，本班機停飛。得知消息後視訊兒子，這個小孩居然還在遺憾：啊?! 才來三天就要回去了麼？我輕輕地告訴

他：不，你暫時回不來了。

接下來的日子是一場結結實實的惡夢。看著每天不斷攀升的確診人數，擔心可能隨時到來的食物、藥品短缺，擔心老人家的心理壓力會不會過大，擔心這個正值青春期的青少年是否能忍住被囚禁在狹小的空間裡的躁鬱，擔心老人家為了讓食慾旺盛的外孫飲食品質保持水平會忍不住一直想要出門買菜買肉，更擔心他們會不會不小心被似乎無處不在的狡猾病毒感染。這排山倒海的擔心讓我常常無法呼吸，數次差點暈倒，每晚都在悔愧、自責、無力的痛哭中睡去。2月初某天的日記中，我寫道：如果眼淚可以讓惡夢快點結束，我願意，淚流成海。

漫長又充滿煎熬的封城日子每一天都險象環生，真真是度日如年。二月中下旬，在大陸舉全國之力的統籌援助下，武漢的疫情得到了有效的控制，我們終於熬過了最艱難的歲月。由於兩岸微妙的政治現狀，已經在武漢自我隔離一個多月的兒子無法趕在 2 月 25 日開學前回台灣上學。但熱心的同學和老師們紛紛透過網路發來關心的詢問和課業的幫助，但是一天天落

下的課業讓兒子深深擔憂焦慮，回來台灣後是否要去補習了？就算補習還能趕上同學們嗎？

眼看著解封的日子一天天臨近，不知道政府對這些滯留在湖北的台灣人的註記什麼時候可以取消，不知道孩子什麼時候可以回到溫暖的家、重新開始學習和生活……（註：完稿當日，兒子接到通知，已搭乘3月10日第二次包機返台。）

| 孩子向武漢行的背影。右為父親

我的返家之路

　　20 年前，嫁給先生一起到了台北定居，剛到台北時，心情五味雜陳，因生活習慣的不同，又在一個陌生的環境下，要非常努力的去適應和學習。20 年是人生不短的經歷，從孤單到現在完全融入生活，有事業、有朋友，台灣是我第二個家，也是一個充滿著善良的地方。

　　2019 年 12 月 28 號，父親病危，我趕緊訂機票獨自回到我出生的地方——湖北省仙桃市，希望能見著父親最後一面。父親努力的支撐著，等我回來和他道別，我趕到醫院，和父親說：爸，我回來了，你要勇敢一點，您牽掛的事我會處理好，母親我也會照顧好，您放心。他有聽到我說的話，也露出微微的笑容，我在他身邊待了大約半小時，他就不能說話了，

彌留一星期就安詳的走了。

　　我們處理了父親的身後事，陪著母親一起走過傷痛的日子，已接近過年，一家人準備過年的物品，家鄉的習俗是，過年時會有很多親戚好友來看望和安慰我們喪家。

　　突然地，1 月 23 號，湖北武漢通知因新冠肺炎疫情，封城了！隨後，湖北其他縣市陸續接著宣布封城，各個社區也都封閉，進出社區要量體溫、登記，不能聚會、訪友和拜年，整個街道沒有車沒有人，白天只看到陽光和樹枝，晚上看到燈光照著無人寒冷的街道，這樣的景象，沒有身歷其境，根本無法體會那份悽涼與惆悵。我們住在臨路的五層樓公寓，和母親每天早上會在陽台上呼吸空氣，超市在我們家附近，每天早上，看到排著長長的隊伍準備進超市買菜。湖北是最嚴重的疫區，防護做到了滴水不漏，每一戶每 3 天只能有一人出門買菜，進出社區要檢測體溫，進入超市也要量體溫並消毒手，這樣的防禦已達戰備等級。為了內防外擴，民眾都躲在家裡不出門、不聚會，大家為了疫情都可以體諒，然而，我是臨時回去

的，借住在弟弟家裡，生活上仍有許多的不便。我的母親也是癌症末期，需要靜養，她看到我每天處於焦慮中，也是無奈的嘆氣和憂愁，家裡因為我被困無法返台的事，導致氣氛低落。我感到好煎熬，我的先生因為自體免疫血管炎和多種慢性疾病，獨自一人在台北，我成天提心吊膽，因為先生之前有幾次半夜發病，緊急送醫的紀錄，我和先生只能用視訊淚眼相對，叮嚀做好防護，有事情趕緊打求助電話。互道平安。

終於在兩岸政府協商後，2月3號陸續有包機送我們回台，這是多麼振奮人心的消息。當地台辦人員通知我搭乘下一班2月5號的包機，提醒我準備，他們在2月4號晚上反覆地登記我們台胞的資料，到機場的車和通行證都已辦好，因為全省封閉的關係，各關卡都必須有防禦指揮中心開具的通行證才能通行。2月5號早上，我準備好行李等台辦派車來接，結果接到電話，告知包機臨時取消了，請我們安心在家等通知，頓時癱坐椅上，對焦急等著回家的我是多麼無情的打擊，趕緊聯絡台北的朋友探聽消息，得知是前一班機有一人感染，再度引發兩岸政府間的不信任

和互相責備，也導致了後續包機取消，我覺得不能接受，生病的人總是需要治療，更何況他也是台灣人，世界各國撤僑時候也常見有人確診，怎能因為一人而拋棄我們剩餘的一千多人，當時很是氣憤，再加上看到媒體的推波助瀾和酸民的毒舌，把我們這些滯留湖北的台灣人說成是萬惡的病毒、是生化武器，造成大部分良善台灣人的恐慌。這些仇恨的言語比病毒還毒，抗天災是一時的，做人是一輩子的，我因此事悶悶不樂了好幾天。

我每天持續盯著手機和電視，等待著包機的訊息，不敢漏掉每一條從台灣轉來的消息，我彷彿是在水中尋找一根救命草，一天一天的盼望、失望，情緒崩潰，滯留台胞群組裡，大家只能互相安慰和鼓勵，雖然大家都不認識，但能感受到每個人焦慮的心情。我鼓起勇氣寫信給政府，這是我第一次這樣寫信，我訴說我生活上的困境，以及工作和經濟上的壓力，我的工作不能停，每個月的信貸、房租還有醫療費，要我一肩扛起，希望兩岸政府盡快幫助我們回家，恢復正常的工作與生活，所有防疫的措施我都能接受與配合。

3月9號晚間10點，我接到台辦科長的電話，通知隔日有包機，他們下午來接我到機場，搭乘晚上包機回台，當時我沒有太多的喜悅，因為有2月5日失望的經歷，我感覺到很平靜，也期待能順利。3月10號中午，台辦的科長派車帶我和其他台胞一起檢測體溫和消毒，我們的車共經過四個管制口，每個管制站都有人上車檢測每人體溫，一直到達武漢天河機場。在機場，除了搭包機的台胞和工作人員外，完全空蕩，我們對台辦人員道謝，他們為了我們的返台，花費很多時間整理名單、聯絡做核酸檢測、安排交通以及辦理通行證等，好多天都沒有好好休息，台辦主任告知，他們會在機場外等待我們安全抵達台北後他們才會返回，滿心感動。

　　我們經過安檢和紅外線體溫檢測，來到候機室經歷了非常長的候機時間，當日有兩班包機，第一班次由華航執飛，我搭乘第二班的東航班機，我們進入候機室時，華航飛機還在停機坪，探聽得知是機上有位女士體溫過高，和家人一起被請下飛機，加上要卸載行李造成延誤，大家非常緊張再生變故。時間每分鐘過得很慢，台灣的朋友傳送即時新聞讓我們了解，但

依然見到不少猜測和陰謀論的新聞，令人再度心情低落。這班機有非常多的小孩子，從早上啟程到機場已經超過十幾個小時，小朋友們體力不支都已睡在爸爸媽媽的身上，看了覺得好心酸，回家好難好無奈。當看到華航飛機滑出停機坪，起飛了，心仍未定，當時台灣的媒體一直強調我們拒穿防護衣，這並非事實，假新聞會害死人，假新聞會讓我們無法回家，夥伴們在現場錄影，即時傳播，降低假新聞的殺傷力。事實上，台灣派來武漢的醫護人員告知，防護衣和護目鏡會在登機前才穿，新聞媒體不加以求證，見縫插針式的報導，實在令人遺憾。

我們終於穿上防護衣和護目鏡，安靜地坐在飛機上，沒有人交談，回想過去的幾十天，我潸然淚下，我要回家了，我真的要回家了，我祈禱著。我們在 3 月 11 號凌晨 2 點才起飛，4 點半抵達桃園機場，飛機停在室內的停機坪，由海關、檢疫、後勤等人員組成的檢疫流程非常嚴格，大家依序下機，專人引導檢查和登記，再分別到集中隔離所的遊覽車上，當日上午 7 時才抵達安置的隔離所，18 小時的回家路結束了，雖然歷經前所未有的波折，但回家總讓人踏實，兩

週後我就必須面對停止一個多月所帶來的衝擊，重新開始。

我返家見了父親最後一面，我再次返家陪伴著我的先生，一處是娘家、一處是婆家，家，總是最溫暖的地方。

| 筆者搭乘包機撤離時穿戴隔離衣和面罩

我和女兒在武漢 48 天封城生活紀實

2020 年 3 月 10 日晚上 11:37 分，華航 CI-542 班機在大家的引頸期盼下，降落在台灣桃園機場，我心中的大石終於放下，有一種感動從心中湧現，如果落淚那應該也是喜極而泣吧！終於結束了在武漢這 48 天的惡夢，回想武漢封城下的那些日子，真是一言難盡。

1 月 22 日，我和女兒在晚上 11:45 分從台北經深圳到武漢天河機場轉坐地鐵來到湖北省武漢市武昌區早已預約好的旅館，準備為期一周的新年假期，我們預計第二天一早 8 點包車前去黃陂掃墓，當天早上，司機告訴我，武漢市因為新冠肺炎疫情爆發，將在 10 點封城，當下，我竟然沒有覺得這驚天大事已降臨在我母女身上，心想只要戴好口罩不亂跑，不生病，

7 天之後我們就回台北了。司機建議我出城走高速公路，但回程可能要走小路了，其實我沒什麼概念，心想只要能完成掃墓就好。

出城一切正常，回程途中，有警察建議司機大哥開車時要戴上口罩，仍然順利返回到武漢市，我們落腳在武漢市武昌區，宣布封城時規定漢口車輛不得進出，漢陽只能進不能出，武昌和漢口、漢陽有一江之隔，留作武漢對外物資進入的窗口，我慶幸疫情在武昌並不嚴重。

封城不知道會持續多久，我決定先去銀行領取一些現金。晚上收到簡訊，預定 1 月 29 日武漢飛上海的班機被取消，上海飛台北的班機正常。怎麼辦？我開始感到驚慌了，聯絡在台北的先生商討著一切可能的對策，站在 22 樓的大窗戶前，看著突然按下暫停鍵的武漢，有一種不尋常的寂靜，感受寧靜的江面，窗外什麼燈光都很微弱，我告訴自己要冷靜，我要想想我們該如何是好。我告訴自己，我們不能病死在這裡，外頭天氣很冷，當日，我的喉嚨感到異狀，我著實憂心。

1 月 24 日是農曆 12 月 30 日，中國除夕日，印象中這天街上應當是非常熱鬧，上街採買的人潮應該是摩肩擦踵才對。早上 7:30 起床，天空下著毛毛雨，大約 9 點我和女兒決定出門找藥局，街道上冷清無比，但藥局裡卻人聲鼎沸，人們大排長龍搶購口罩及其他退熱商品。我買了額溫槍、酒精、退燒藥、感冒藥和抗過敏藥物以備不時之需，排隊大約 30 分鐘才結完帳離開。路上其他商家基本上沒有開門，有開門的超市人太多，我們不敢入內，我知道我們必須接觸最少的人，或是能說得出接觸了什麼人。氣溫一直在零下 1 度到 9 度之間，可以取暖的食物只剩泡麵了，去超商買泡麵，然而泡麵亦被搶購一空，最後我在一個不起眼的小雜貨店買到，雖然貴，但我接觸的人只有老闆一人而已，安全第一，這一日，我用現金還可以採買到東西。

　　附近的一家早餐店老闆因為封城回不了老家，所以每日都有開門賣湯粉，我們每天早上都買兩碗，第一天覺得辣但口味很好，第二天、第三天、第四天，女兒說：「媽，有沒有別的吃的，我已經吃得要吐了！」真的沒有別家了。第五天上午，所有的飲食店

都被城管要求不得營業，現在就算想吃也沒機會了，我們只剩泡麵。我心裡想著，我們是台胞，湖北省政府應當很快會和其他國家讓我們撤僑回台灣，這樣的日子應當只是暫時的。我們持續買著泡麵。

1月25日，大年初一，我因扁桃腺發炎開始發燒，從台北診所帶去的藥吃了讓我過敏，眼睛腫到睜不開，因為抗過敏藥會降低退燒藥的藥效，我只有先忍耐。我一直懷疑自己是否已染上新冠肺炎，不停

受困武漢期間經常以泡麵為主食|

倒帶回想著在飛機上、在地鐵裡，所有的環節一一過濾，我透過微信和在武漢的姑姑拜年，姑姑安慰我說：「你不要害怕，也暫時不用來我這，現在規定不能串門子，你快去買蓮花清瘟膠囊（一種大陸的退燒藥）。」我馬上去買了兩包。怎能不害怕，我身邊一個上高中的孩子，台北家裡還有一個 3 歲的幼童，我萬一有個三長兩短他們該怎麼辦，我幾乎快要崩潰了。還好，我在吃完兩包藥後退燒了，之後我們一直待在旅館，開著 26 度的暖氣不出門。

我的先生幫我聯絡上武漢台企協會的人員，加入了一個微信群組，我是第 46 人入群，之後人數增加到 300 人左右，大家都是滯留在湖北的台灣人或其家屬，我先生一直當志工協助整理相關資料，希望這些滯留在武漢與湖北其他地方的台灣同胞可以早日回家。

每天追蹤著不斷快速上升的新冠肺炎確診病例數，盯著群裡網友們的互動，大家抱團取暖，偶爾看看窗外，樓下的衛生檢疫單位忙碌不停，連警察也是忙碌不停地接送發熱病人。這裡是武漢市最安全的武昌，很難想像重災區漢口或是醫院的情況，這裡像是

刀山火海，誰能救救我們這群無助的人返台。1月29日，傳來包機無望的消息，讓人失望沮喪，年假已經快結束，我們卻不知回家的路在哪裡，我感到無助萬分，在夜裡，我和先生通話常常哽咽得說不出話來，我因焦慮經常失眠。

沒有包機，看起來得長期作戰，我們必須要面對食物的問題。附近有一片老城區，裡面有一個傳統市場，住處沒有廚具，也不知道還會停留多久，所以先買了一些新鮮的蘋果，梨和砂糖橘或是一些零食和小餅乾，主食還是泡麵，不同口味的泡麵，小店才能用現金購物，大超市已經不收現金了。

2月2日群組裡突然有同胞被通知隔日有包機可以返台了，我並未被通知，很是難過失落，但我相信很快就可以回家。2月4日又有同胞在晚上被通知5號可以坐第二班包機回台，還是沒有我，雖然依然失望，亦是幸運，因為女兒前一天洗到冷水澡而感冒發燒，若去搭機恐上不了飛機，還有可能被送去隔離治療，很是糾結。當晚11時半，群組裡有夥伴表示包機生變，應該回不去了，隔日早上仍有滯留人員在武漢

以外的城市，很早的上了高速公路才得知飛機取消返回旅館，這天晚上，微信群組裡好安靜，大家的心情都冷到了谷底。

志工們希望每天都讓台灣可以看到我們，不要忘記我們，不要遺棄我們。2月12日，志工發起大家寫信跟蔡總統求援。我們真的真的好想回家，女兒也寫了一封信：

TO 親愛的蔡總統：

武漢新冠肺炎爆發迄今，我和母親已受困武漢二十餘天，一次次燃起希望又一次次破滅，我的課業也受到了很多的耽誤，每天渾渾噩噩的躲在旅館房間內不敢出門，抱著手機不斷查看消息的無力感，回家的路怎那麼難？

每當親友問候：「過得還好嗎？」不好，確實不好。一天只吃一餐，以泡麵為主食，我開始感到噁心，晚上失眠更是讓我痛苦，每天都在失眠，因為知道明天不會更好，於是失眠，很難過呀，悲傷的日子沒有盡頭。

請幫助我們回家吧！我們不是「生化武器」，我們都是台灣公民，也有權利可以回家。

　　作為媽媽，看到孩子的心聲，眼淚不聽使喚的流了下來。自責把孩子帶到病毒災害中心，自責耽誤了孩子的學習。老公在電話裡安慰我說：「其它都還可補救，只要能活著就好。」我感到很心酸。今天，武昌封鎖得更嚴格了，老城區裡小路全部用鐵皮堵死，我們的食物來源中斷了，街上的超市只有一家允許營業，大家都在外面排隊，一次只放一人進店採買，不收現金，只准使用微信支付或是支付寶，我沒有電子支付，根本無法買東西，我向這區台辦求援。

　　2月17日，台辦讓我去附近的特約旅館領愛心便當，我吃得掉眼淚，常想做善事捐助金錢或便當給街上無家可歸的人，想不到此刻我先接受了這恩情，以後有機會應當要回報。我和女兒吃得不多，所以我們只領晚餐，飯吃不完留下來加在泡麵裡，又是一餐，因為出門就有風險，雖然領便當也是有風險，但仍期待著，每天傍晚出門領便當就當作是我們的放風時間，幸福時刻，但也表示又過了一天。

當時，武昌已經封鎖得相當嚴格了，出門成為一種奢侈，要有通行證才行，幸運的是我們所住的旅館整棟零感染，沒有特別被要求不能出門。旅館的費用也是用無摺存款的方式存入，身上的現金有限，住得越久越是惶恐，不知道會不會在有飛機時已經沒錢支付機票了。

兩岸是否真有協商無人知曉，滯留一個月之後的 2 月 27 日，大陸新聞報導滯留武漢的台灣人可以用東航和華航各一班的方式回台，算是退讓往中間靠齊了；然而，報導指出，台灣以防疫優先、橫濱模式為原則拒絕了，再度失望，不知道還要等多久，不知道還能等多久，我們只想回家，為何那麼艱難！台灣已經在 2 月 25 日開學了，女兒的老師透過百度網盤、遠端視訊等方式幫助女兒學習，孩子的未來不能等待，我再次感到自責。

3 月 5 日清早 7 點 30 分，還在睡夢中的我們被電話吵醒，台辦通知早上 9 點要到惠明醫院對面的檢疫所作核酸檢測，這是令人開心的訊息，似乎有一點進展了，台辦沒有說明緣由，但檢驗總無壞處，心想，

是不是要回家了，當下，如果有雙翅膀我定可以飛起來。附近社區辦公室聽從台辦的指示，派遣了一台車來接送我們，在檢疫所門前大家遠遠的排隊，我們區台辦的人員也有到場，有人問了我想問的問題：「請問有包機的消息嗎？核酸檢測不是有時效性嗎？」台辦的人很謹慎地回答：「包機還沒有消息，估計還是台灣方面卡住了」，大家的心都再度沉下，不過，確認自己是健康的也是好事。

3月8日，婦女節，我和女兒兩人孤單害怕地在武漢過節。這幾天沒有任何關於包機的消息，也沒有核酸檢測結果，沒有目標的等待變得更加的漫長，晚上出門要去領便當時，一樓的警衛先生喝止說：「不能出門。」「為何？我只是去拿飯而已。」我說。「剛剛五點才通知的，我們管太鬆了，從現在起不能出門，今天先讓妳取飯，明天開始妳們就要叫外賣了。」警衛先生說。好的，先領了今天的便當再說，走這500公尺是我和女兒每天最大的快樂，彷彿是我們的伸展台，能出門都覺得驕傲的感覺，至少我們是健康的。明天以後不能出門了，沒有飛機回不了台灣，在武漢還不能出門領餐，我們怎麼可以慘成這樣，之前

老公說活著就好，我還覺得他浮誇，現在我的眼淚在眼眶裡打轉，是寧可讓我們餓死也不要讓我們病死嗎？我心想著。我要堅強，不能哭給孩子看，要解決問題，可是我真的快崩潰了。一句話就可以讓我流淚，我是一個特別愛笑的人，笑點超低，沒想到現在哭點也很低。

3月9日上午，我又求助台辦辦理出門通行證，台辦請我去旅館附近的小區辦公室領「情況說明」，內容如下：「茲有本社區居民某某某屬台胞，每天需出門領取飯菜，特此證明」。

我和經辦小姐說我們有兩個人，是否可以加我女兒的名字，因為我知道證明上沒有名字不能出門，女兒就得永遠封鎖在房內，猜想武漢市解封可能已經四月底了，她恐怕無法承受那麼久。結果被打回票，只能我一人出門領便當，感到超級委屈，這天，親友打電話問我何時可回台，我的眼淚就莫名地跑了出來，很多朋友打來，我基本上都處於失控的狀態。

3月9日下午，每天都會關心我的叔叔打電話來關

切是否有回台的消息，可是今天我沒有辦法再接，看到來電我就哭得泣不成聲。我回叔叔簡訊：「叔叔今日先不講電話，我現在哭點超低，講不下去。從今天開始，只能我一人憑通行證出門拿便當，女兒不能出門，其他沒有任何消息了，等待沒完沒了」。叔叔回我：「別洩氣，要和女兒相互鼓勵，天無絕人之路」。

叔叔的話驗證了，天無絕人之路，晚上 7 點 30 分左右，台辦通知整理行李，早點休息，隔天 10 日有包機回台。我開心地通知家人和朋友，女兒得知消息後冷冷地說：「不要高興得太早，你忘了 2 月 5 號有人上了高速公路還回頭，我們要飛機降落桃園機場才可以開心。」我聽了又不免鼻酸，一個 15 歲的孩子和我說的話如此的理性。3 月 10 日經過嚴格的篩檢，終於在晚間 11:37 分搭乘華航班機返抵台灣，結束這一場漫長而嚴峻的心靈考驗。

原定 1 月 22 日到 1 月 29 日共 8 天的新年假期，卻滯留武漢 48 天，面對危機，政府的態度讓人民感受是冷漠的，兩岸關係的複雜和微妙不是小老百姓所能理解。我們無助的吶喊、恐慌，我們是被遺棄的棋子，

期間我一直安慰自己和孩子，好險我們沒有生病、好險我們沒有全家一起來、好險……我的心感到好累，好煎熬，好無奈。還有很多同胞仍在湖北回不來。我們希望大家都能盡快回到台灣回歸正常生活，這48天應該是我和很多滯留在武漢同胞心中印象深刻的旅行，我不知道下次何時才能克服心障再次拜訪武漢。

| 作者母女受困武漢48日期間所處之房室

湖北鄉下的封城生活

　　2020 年 2 月 2 日，宜昌封城第 9 天，天晴，少數不寒冷的天氣。

　　廣播終於停了，不知道從哪一天開始，村裡的民眾服務中心（類似台灣的里民活動中心）的大聲公從上午 08:30 就開始播放防疫宣傳，這幾天還放上第二段處罰廣播，提醒違反什麼防疫規定要罰多少錢，譬如封路還偷偷上路者要罰人民幣 100 元。防疫期間仍保有人情味，中午十一點半到二點之間的午休時間暫停播放，之後再一直播到下午六點，每天共播七小時，我錄了下來，改天拿來當來電答鈴，自我警惕，終身防疫。每段廣播大約 24 秒，我的房間窗戶正對著喇叭，每天大約聽 900 次，快要精神錯亂了，房間裡沒時鐘，剛好把它拿來定時，是附加價值。

我們是 1 月 17 日晚上 10 點多抵達武漢機場，出發前公公其實有些擔心，台灣電視裡新聞播出武漢出現了一種不明肺炎，病例很少，狀況不明。我們思慮再三，不經過武漢市區，在機場停留時間很短，馬上由弟弟接回家，離武漢 300 公里，心裡雖有些忐忑，但久違的家，父母親人，讓我們最終決定回家。

機票很貴，約是平時的兩倍，兒子的機票更貴，他想「坐前面」，他希望有自己的電視螢幕，這航程只有商務艙才有個人螢幕，因為很久才搭乘一次，就答應了他，媽媽作為陪同，也跟著享受一下，但其實媽媽的心一直揪著。飛機上幾乎沒人，目視僅約 30~50 人，大部分人戴著口罩，空姐沒有戴，我督促全家都把口罩戴上，孩子們都很聽話，偷瞄了一下，只有爸爸沒戴，忙著哄女兒。飛機餐很簡單，就是幾粒煎餃，一份水果，先生後來告訴我，他們的晚餐只有一塊小蛋糕，聽著心酸。女兒很期待兒童餐裡的義大利麵，直到班機抵達，麵都沒出現，爸爸告訴妹妹：義大利麵沒趕上飛機，下飛機再買給你吃，先忽悠她！我先生告訴我，在他們啃那塊麵包的同時，聽見簾幕後商務艙裡刀叉撞擊的聲音，著實羨慕，肚子

竟不爭氣地叫了起來。下飛機時，兒子給這航班打了一百分，爸爸白眼看了他一下，他不懂。兒子開開心心的牽著妹妹的手，背著自己的包往前走，沿路有導員護送我們到入境口，提醒我們口罩戴好。

弟弟來接我們，他是已經把老婆孩子送回了老家又專門回來接我們的。我們一路向西開去 300 公里，沿路的霧越來越濃，車速越來越慢，到後面可視距離不到 10 公尺，連前面車子的尾燈都快看不見，從來沒有見過這麼大的霧，前面充滿著未知和擔憂，我們在迷霧中龜速前進，深夜兩點多才抵達宜昌市東郊的當陽市，氣溫約零度。

一切都是那麼的平常，空氣中卻也存在著即將驚天動地的氣息，5 天後，武漢宣布封城，有始以來第一次。緊接著 2 天後，大年初一，我們所在的宜昌也宣布封城。

1 月 17 日我們抵達當天，新冠肺炎病例是 62 例，開始寫作的今日（2 月 2 日）是 14,639 例，在半個月內大量爆發。後記：截至 4 月初，中國大陸超過 8 萬

確診病例，超過 3,000 人死亡，全球更是超過 100 萬人染疫，疫情還在持續惡化中。這是一場世紀瘟疫。

1 月 23 日，除夕前一天，武漢累積病例 444 不吉祥數字，湖北其它地方幾乎都還很少病例，我們持續關注但尚不緊張，畢竟這裡距離武漢有 300 公里。武漢確定封城了，當時我們還慶幸出發前把回程機票改從宜昌離開，不入武漢，是個正確的決定。但，一切都來得太快，還來不及應變，第二個城市黃岡也封了，那是弟弟住的城市，我估計他要 2~3 個月不能回去了，沒想到最後我們也相同，受困 2 個多月。人的反應和病菌賽跑著，武漢周邊的鄂州、仙桃、黃石等一個一個封了，一開始是限制公共交通，我們還覺得影響不大，沒意識到事態已嚴重……武漢封城的當天晚上，我和武漢的醫生朋友通了電話，他只跟我說「要走就得趕緊走」。我們當時已經改了初二從宜昌離開的機票，心想陪父母過完除夕就走，可惜，在寒冷的除夕夜裡，它來了。

1 月 25 日的凌晨，剛進入庚子鼠年第一天的第 2 個小時，收到了宜昌市政府發布 4 小時後封城的公

告，我們所在之處，位於宜昌東邊約 50 公里的三國古城當陽市也即將被封，掩不住 1700 年前「趙子龍大戰長坂坡」、「張飛喝斷當陽橋」，還有名列天下三大關廟，埋葬關羽身軀的當陽關陵之美名，這城也即將睡去。

不幸中的萬幸，我們沒有被封在舉目無親的武漢，也沒有流落街頭，而是封閉在溫暖的家裡，跟父母親和弟弟一家人一起，在地廣人稀的鄉下宅子裡，安全性相對更高。

湖北農村的房子大多是獨棟的，古老的磚塊屋尚有，但很多都已改建為兩三層的水泥樓房，大部分人家裡有庭院、後院或中庭。父母親去年蓋了新房子，不是豪宅，但也不會好窄，有大的液晶電視、有電熱水器、空調、抽水馬桶，還有火爐房，兒子很興奮，因為他們可在宅內玩躲貓貓，還經常找不到妹妹們。在封城期間，所有人困鎖在家，路上見不著一個人，但鄉下的人仍可在屋內或院子裡走動，不至於產生空間恐懼感，這點和封鎖在城市的高樓公寓比起來，實在幸運太多了。小孩子們正值好動年齡，實不敢想像

封鎖在市區屋裡的後果。在鄉下，小孩至少可以在庭院裡跑和叫，也沖淡了他們對病毒的恐懼感。封城令並未限制人們不能出聲，但幾個小孩在庭院嬉鬧大叫的聲音和空氣中瀰漫的恐慌氣息，實在格格不入。

　　封城開始，我馬上清點生活上所需要的物品，最急缺的是女兒的尿布和奶粉，有長輩要從台灣寄來給我們，但台灣快遞已不接受寄往湖北省的物品，事實上，湖北正值最嚴峻的狀況，一切都是中止狀態，連一隻蒼蠅都飛不出進不來，更遑論那罐奶粉和尿布。我趁村裡書記要把卡車挪來當路障之前，快速溜到了超市搶買了尿布 50 片，估計可以撐一個月左右，買不到奶粉，只好買了幾箱鋁箔包的鮮奶替代。妹妹很懂事，說她要戒尿布和戒奶了，我知道，她只是說說，晚上沒有奶喝，她哭的比誰都還大聲。這段時間還不能嘗試戒尿布，氣溫很低，晚上尿濕非常容易感冒，感冒發燒就會被帶走隔離，相當恐怖，一定不能生病。採買返回後，卡車已就定位，村口的路封了，自此，弟弟的車很久都沒再發動過。

　　當朋友知道我們的遭遇後，通常第一句話都會

家裡米倉支撐度過封城時日

問：家裡的食物足夠否？網路上傳來武漢市內居民把冰箱塞滿，菜還堆滿屋裡囤積的照片，我們是何其幸運，至少在因應封城的飲食上，沒有問題。鄉下地方，大多數人都有菜田，簡樸的鄉下居民基本上都自給自足，很少買菜，我們家門口有片菜田，母親知道我們要回來過年，加上過年期間宴客的需要，早已栽種了滿滿的蔬菜，數了數，大概有十幾種之多，白菜、蘿蔔、紅菜薹、空心菜、菠菜、芹菜、香菜、萵筍、芥藍、茼蒿、蒜苗、香蔥等等。到了三月，我們還吃到了新鮮的香椿和竹筍，是這季節餐桌上的美味。我估計那菜園可以吃兩個月以上，不夠了，旁邊還有鄰居的菜園，在鄉下，大家都大方分享，以往蔬菜吃不完或爛了，是餵豬的，鄉下養的豬只吃菜不吃飼料，封城期間，我們似乎變成了豬，每天除了吃就是睡。當然，還有擔憂。

正逢過年期間，父母親準備了不少臘肉，若不嫌膩，我估計可吃上半年。除了豬肉，還有封城前剛宰的兩隻大公雞、幾隻兔子、親戚送的牛肉、鄰居送的羊肉、過年前買的鱔魚和甲魚（鱉），還有父親在小魚池內養的六條鯰魚。一個冰箱和兩個冰庫中塞滿了

一包包早已分裝好的肉品，我估計吃上一個月應當沒有問題。

　　米更是充足的，父母親務農，稻米收割後會留下一年內需要食用的份量，多餘的才賣掉，我見到家裡儲藏室至少有五麻布袋的米，估計可吃足一年以上。父親常見我憂愁擔心，他說：我的姑娘（女兒），不要說封城一個月，就算是封一年，我們也不會餓死，妳不要擔心。父親單純，但不知，雖然住所獨立未與他人接觸相對安全，但其實更擔心的是小孩子的課業和大人的工作，還有，何時可以返回台灣的家？

　　家裡食材儲備充足的另一個原因是年節的備菜，鄉下的過年氣氛濃厚，過年期間，親戚們都會互訪拜年，在鄉下，距離遠，這裡的習俗是親友來拜年，主人就會宴客，而且通常是吃兩餐，午餐酒足飯飽後，眾親友們玩紙牌鬥地主，晚餐再吃上一頓才送客。今年，因為疫情的關係，處處可見的標語提示了「串門就是互相殘殺、聚會就是自尋短見」、「聚餐就是找死、拜年就是害人」、「現在請吃的飯都是鴻門宴」、「不聚會是為了以後還能吃飯，不串門是為了以後還

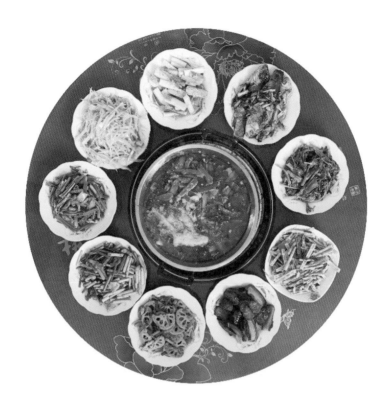

老爸老媽款待的封城菜色

有親人」，看了這些標語，誰還敢來，一整個年節，
一個親戚朋友和鄰居都沒見著，因此食材沒使用，最
後都進了我們的五臟腑。

父母親很高興我們回來過年，雖然疫情在外肆虐，但家中充滿親情，母親大人每餐總端出至少八道菜、一個鍋，有時失控會出現十二道菜以上，我照相傳給朋友看，他說我們是土豪，並非事實，那代表著父母親的愛，其實，每次回來都是如此的。煮食備菜太辛勞，幾天後，弟弟接手大廚位子，菜色口味依然沒有遜色，這個封城年，我們家封出了一位大廚，大家笑他改天可以開餐館了。

　　我告訴弟弟，不知還要封多久，以後每餐最多八道菜，不可超過，需要長期抗戰。我先生剛來時，愛表現，每餐吃三碗飯，過了兩週還未能返台，改成只吃兩碗，後來再減為正常的一碗，他必須陪我父親喝酒，是自釀的紅高粱，酒精濃度超過五十度，沒加香料很順口，他們每天中午固定喝兩杯，晚上喝三杯，一天共喝五杯，週一到週五先生還是需要上班處理公務，有時略減為每天三杯，每杯酒重 1 兩 1，約等於 55 毫升，在家 70 幾天，他們每人至少總共喝了超過 250 杯，合計超過 13 公升，我擔心他們沒被肺炎摞倒，可能先酒精中毒了。父親說：酒，是沒有限量提供的。他在過年前買了上百斤藏了起來，家門口菜園

子地下聽說也藏了一甕。

俗話說：四川人不怕辣、湖南人怕不辣、湖北人辣不怕。湖北的菜對台灣人來說是很辣的，擔心小孩子吃不慣，所以弟弟每餐都會蒸個蛋或炒盤蛋，我估計每天要用掉 8 顆蛋以上，在家期間估計吃了超過 500 顆雞蛋，另外還有 100 顆鹹鴨蛋。這些蛋是父親跟鄰居買的，封城環境下，當蛋快沒了，父親就會溜到住在旁邊山坡上的鄰居處，他們在山上放養了幾百隻土雞，每次買 100 顆蛋，每顆 1 塊錢人民幣，購買時要自己去尋找雞把蛋下在哪，需要花些時間才撿得到 100 顆。

在鄉下，不但菜多米飯也大碗，我們家共 9 個人吃飯，剛好湊一桌。聽說隔壁鎮有戶人家，在封城前一天有 30 幾個朋友剛好來訪，突然宣布封城，全部人被困住無法離開，這 30 幾位吃客每餐要吃掉十斤米，主人已被吃垮求助，他們鎮的領導只好固定時間去送米和菜。鄉下封城生活，每天最怕聽到的就是「吃飯了」的吆喝聲，約每四到五小時出現一次，兩個月來，從沒感覺有餓意過，女兒的臉圓了，每個人都胖

了，爸媽說這次一定要把我養胖了才放我回去。好朋友發來問候：「在家該吃吃，該喝喝，該睡睡，別一見面，人家都胖了10斤，咱們才胖了5斤，好像咱家條件不行似的」，都這麼說了，總不能給老爸老媽丟臉，還是拚命的吃。

宜昌這邊鄉下地區幾乎家家戶戶都有個「火爐」，用久了覺得這真是個好東西，它是下方燒柴火，上方可以吃火鍋、燒開水甚至煮菜的一個爐子，比較舊式的是水泥的，新式的是金屬的，因為金屬可以傳熱，所以它的周邊會散發熱氣，可以烤乾衣服。湖北省是沒有供應暖氣的，雖然可以裝冷暖氣機，但這火爐就是暖氣來源，有火爐的屋子很溫暖，即便外面在下雪，冬天時候，鄉下人家通常待在火爐屋裡烤火取暖，不會在客廳，它燒柴，所以有通氣管把廢氣排出屋外，但通常窗戶或門還是會開一些以策安全。鄉下地方木柴是取之不盡的，使用自然的能源，有著原始的幸福。鄉下地方大家習慣每餐吃火鍋，自己家人吃飯可能準備一鍋，宴客通常會有兩鍋，這火爐主要就是設計來吃鍋的，萬一是夏天熱，爐不燒柴，也可放上液態酒精煮火鍋，這火爐實在神奇，是一個非現代

老家的非現代化多功能火爐 |

化、不需用電但卻是具有取暖、吃火鍋、烘衣服、煮
開水等多功能的好器具。

　　封城期間不能外出，每天都待在屋內，也不會有
訪客，所以大家普遍穿的比較隨便，微信群組裡有位
朋友說：她已經穿了幾十天的睡衣了，不外出不見
客，所以根本不需要更換。我們有小孩，小孩還是會

把衣服弄髒或尿濕，還是得經常洗小孩子的衣服，冬天陽光不強，要曬乾通常要 2 天以上。自從 2 月 5 日包機臨時取消之後，每天都期待著隔日可能就有包機，所以洗衣服還看日子，隔日有陽光才洗，務必求一日內可以曬乾，沒曬乾就拿去火爐烤乾，隨時有要逃離的準備，但一直都失望。

我們和兩個小孩受困在這鄉下，加上弟弟的小孩共三位，受困期間除了心理壓力大之外，平時還是忙得跟陀螺一樣的，主要是照顧小孩，他們正值好動年齡，沒有一刻是安靜的，得隨侍在側，主要是擔心他們受傷、著涼，在這特別時期，不能容忍他們有一絲意外，不能去醫院，這是唯一的原則。很多家長都明瞭，帶小孩比工作更辛苦萬倍，俗話形容：三歲孩，貓狗都嫌，非常貼切，我實在很佩服帶著些幼兒的學校老師。大人很矛盾，三個小孩可以彼此玩樂，追跑跳碰，雖擔心他們受傷，但也已是萬幸；很多人家裡只有一個小孩，試想，一個孤獨的小孩被禁閉超過兩個月，恐怕不是用度日如年可以形容。

開年上班後，工作仍需繼續，困在此地，只能透

過網路和電話處理公務，台灣習慣用 Line 聯繫，雖然可以使用當地網路翻牆連接，但常常不穩且速度較慢，回湖北前已開通網路漫遊，春節期間有特價，估計只要花三百元台幣就有足夠網路流量。無奈受困，一困逾兩個月，網路流量用盡後持續不斷地再申請，迄今網路費已超過一萬多，至少能把必要的工作完成。

2月5日原訂第二次包機取消後，開始有長期抗戰的準備，馬上要兒子自己排課表，他從早到晚只安排三個課目，就是玩、看電視和吃飯，被我打了回票，我和他討論排了國語課、英語課和數學課。兒子學校的老師很幫忙，照相傳來課本，我也透過朋友取得課本和習作的電子版，兒子同學的家長也傳來英語補習班的教材，還有朋友傳來課外讀物，儘量讓他的學習不要落後太多。我和他爸爸一起教，但實在難教，每次教學期間都是我們最生氣的時候，這時又再度非常地敬佩小學老師，希望這噩夢快過去，把這猛獸交還給學校。妹妹，還小，就讓她玩吧！這裡，肯定比幼稚園玩的時間多，有一天，她竟然告訴我：媽媽，我好無聊。

鄉下的菜園子

雖然小孩尚可在庭院裡走動，樓上樓下跑來跑去，兒子都已經玩壞了一雙新鞋，但仍難以消耗他們的活動量，他們嚷嚷著無聊，我告訴他們和困在城市裡的小朋友相比，這裡已經是天堂，但還是找了機會，帶著小孩溜到對面已收割的稻田裡釋放體力。鄉下地方的管制還是稍微有人情味一些，被巡邏的防控督察看到了，他們只是用麥克風要我們玩完了快回家，二十分鐘後，我告訴兒子，放風時間結束要回家了，他問：什麼是放風，是不是放風箏，我沒回答，心酸又無奈。

封城令開始時，村裡開始廣播防疫措施，也有車子巡邏，要求大家待在家裡不出門，本來鄉下人就不多，此時更顯得冷清，放眼望去，路上一個人都沒有，每戶都無人出入，要不是夜間尚有露出一絲微弱黃光，還會以為那是間沒人住的房。新聞上用死城形容封城景象，在鄉下亦是如此，除了我們家還有傳出小孩子嬉鬧的聲音，和有時我們修理小孩的聲音之外，整村寂靜無聲。大聲公裡有次傳來防疫的廣播道：「我們這裡沒有火神山、雷神山，染病了就只能送上山」，我不禁露出笑容，幽默防疫，自得其樂。

鄉下的農耕工作都停止了，母親偶而走到菜園摘菜並不會被制止，見到鄰居探出頭來，大家都是隔得好遠講話，聲音也只好比平時大了些。還是有人缺少民生物資的，村裡有個微信群組，有 400 多人，幾乎全村的人都在群組內，2 月初開始，各村特許一位代購員幫大家採購民生用品或蔬菜，他是一位原本就在村裡開設雜貨店的老闆，是弟弟的同學，採購用品透過微信下訂，老闆的父親幫忙騰記出來，記錄各家各戶需要什麼東西，再一起去採購，代購員有通行證可以到少數有開的超市購買，我看大家購買的東西五花八門，醬油、鹽、米、菜、魚、水果、菸、酒，還有女性用品，他們幫忙採購後還挨家挨戶遞送，也沒收手續費，只是這時的物資較缺乏，物品都比平時貴了，我發現，大家買最多的是麵粉和發酵粉，原來大家有志一同，為了撐得久，大家都作饅頭、包子和水餃，我家也是。

　　2 月底，家門口的油菜花田開花了，一片金黃顏色，煞是好看。記得剛回家時，它只是到腳踝的幼苗，現在已經比小孩子還高了。趁疫情舒緩，到油菜花田拍照，是這段時間最開心的時刻。心想，希望花落前

能回家。3月下旬，花已開始落，人依然在此，無奈。

　　疫情差不多是在 2 月 4 日到高峰的，後來新增確診病例開始減少，心裡滿是期待結束那一天，2 月 18 日，么爹來了，是今年第一位客，他居住在鄰村，是走路跨過路障過來的；22 日，大舅舅也來了。約略從 3 月初開始，各戶庭院前開始看到有人出來伸展身體，路上也開始看到有人走動到田裡農耕，村，開始慢慢恢復生機了，我知道，這疫情即將過去，雖然還未正式解除，但部分路障已開始撤離，要前往市區只要辦理通行證也都可行，巡邏車已不復見，但廣播還是成天播放著，已從防疫措施的宣傳更改到播放勵志歌曲，每天仍然從早播到晚，持續重複，對耳朵帶來很大的負擔，工作也不能集中會受干擾。3 月下旬，索性連勵志歌曲也不播了，改播森林防火宣傳，代表這一切都過去了，湖北省政府宣布，3 月 25 日，除武漢外其餘地區正式解禁，大家恢復去年 12 月前的正常生活了。上周末，回訪大舅舅，20 幾人的聚餐，男士們又是一陣廝殺，在餐桌上和牌桌上，大家似乎都忘記曾有的疫情，它已帶走了多少無辜的生命。

我慶幸我們是被封鎖在父母親鄉下的自宅，不敢想像萬一是被封在城市小屋裡該如何。確定無法離開當時，我們評估身體健康無病痛，家裡食物充足，獨宅無閒雜人，應該可以安全度過，只剩下最重要的一點：絕對不能生病！一來生病可能連自己都會以為是肺炎，再者，生病絕不敢進醫院，醫院是大傳染源，沒病可能也會變有病；第三，生病可能回不去台灣，2月初，更嚴厲的防控措施實施後，村委會定期來家裡量體溫，根據防控命令，只要一發燒，就要被帶走隔離觀察或治療，我們因此有非常大的壓力，一直叮囑兩個小孩，不能生病，流汗要說，會冷要說。

　　封城期間，大人們手機不離身，因為必須隨時掌握是否有回家的訊息，隨時精神緊繃，無奈一再失望再失望，很難過。偶而聽到飛機的聲音，總是不自覺地向天空望去，想著是否是包機來接我們回家，結果總是空夢一場。

　　封城期間，我作最多的事就是站在窗戶前向外看，就像隻受困的鳥兒，渴望著自由，期望回到自己生活、工作的地方，這一站，超過了兩個月，窗外的

景象已變化萬千，已從寒冷的冬天到暖春，曾是下雪的景象到前幾天的艷陽高照，那油菜花田早已花開又花落，櫻花和各式各樣的花兒都開了，滿是春天氣息，每個人的頭髮都跟花草一樣，也長得不像話了。雖然這裡也是我的家，但我們還是需要回到生活工作和學習的那個家。我不能確定，這一困，何時回家。

　　一個寒假過成了暑假。
　　不管何時，能回去就好。
　　3 月 25 日，宜昌正式解封，
　　我們能回家的日子近了。

　　這段時間，我特別要感恩至親父母、弟弟和弟妹帶給我們的愛與溫暖，也感謝在疫情期間關心我的長輩、親朋好友們，還有工作上的主管和同事們，謝謝您們，您們的鼓勵支撐我可以安穩地渡過這一段難忘的時光，謝謝。

　　還特別要謝謝兩個人——我的兒子和女兒。謝謝你們這兩個多月沒有生病一切健康，否則真不知道會如何。

這海峽間的距離有多遠

　　2020 年春節的一場瘟疫，把極速發展中的大陸突然拉回原點，就像時間突然停擺，不管你能不能接受，湖北突然間，從武漢開始，一共 10 幾個城市依序封城，大家措手不及，就像電腦突然當機沒了喧嘩，沒有了歡樂，瘟疫的快速蔓延，人們恐懼慌亂不知所措。

　　小藝自 2007 年嫁到台灣，依照大陸新娘的既定流程，從團聚、依親居留、長期居留到定居，終於拿到台灣身份證，共花了 13 個年頭，人的一生並沒有很多次 13 年。往年她都會帶著孩子，固定在每年暑假和春節回大陸探親，就像所有台灣人一樣，假日或年節時，回家看看爸媽，再平常不過。今年，小藝是隻身一人回到宜昌老家探親的，因為鄉下的娘家買了新房

剛剛裝修完，小藝趁年前回到鄉下娘家，幫忙打掃整理，準備和父母親在新房裡喜迎新春。

　　小藝的堂妹在武漢市某百貨商場的珠寶櫃檯當櫃長，因為跟她的一次餐敘，病毒就這樣悄無聲息地的直接傳染給了小藝。還記得那是 1 月 23 日，也就是武漢封城當天，跟堂妹接觸後的第三天，小藝覺得有些鼻塞，一開始她當成是感冒，但當時外面肺炎的傳聞已讓人心惶惶，她下意識地自己戴上口罩，吃飯也用公筷，儘量避免跟家裡的小孩子們接觸，然而，吃過感冒藥後依然沒有改善，小藝直覺不妙，1 月 26 日（在宜昌尚可行動），自行駕車前往鎮上的醫院檢查，這一去，就再也沒能回來，她被確診罹患新冠肺炎！同一時候，和她聚餐的堂妹以及其男友亦已確診住院。

　　小藝原本要被送往宜昌市最大的醫院治療，無奈等了四個小時沒有床位，鎮上的醫院只好再把她接回，小藝經歷了頭三天持續的發燒，她的心中只有一個意念，不能死！老公和孩子都還在台灣等著她，我不能死。一開始透過視頻，她每天跟台灣心急如焚的家人保持聯繫，那時候她身上已插滿各式管子，老

公、小孩還有婆婆看到就哭，以致於後來她不敢開視頻，就獨自在醫院經歷著發燒、嘔吐和所有的不適。死神在週遭隨時想帶走她，但是小藝憑藉著年輕，體力尚可，樂觀的心態以及高度的求生意志，一天天地撐下去。醫院給予中藥和西藥治療，她不知道到底是哪一種藥起了作用，加上每天好多朋友透過手機給她加油打氣，還有一個心理醫生的朋友每天給她做心理輔導，經過 22 天，她的核酸檢查終於轉陰性，2 月 16日，小藝終於康復出院。

小藝所經歷的過程，正是這段期間慘烈湖北的縮影。當然，小藝是幸運的，她最終熬過了病毒的侵襲痊癒了。然而，跟她一樣不知不覺被傳染的很多人，沒能熬過就離世了，那可能是某位朋友的丈夫或妻子、母親或父親，甚至是小孩，每一場悲劇的後面，天人永隔的同時還要忍受不能近距離告別的殘酷，還有整個家庭受傳染的危險，很多家庭的親人一個個相繼過世，不敢相信這種近乎滅門的悲劇就這樣活生生的發生在現代的今日。這是一場戰爭，人類和病毒的大戰，現今來看，人類似乎勝了，但付出了高額的代價。

| 小藝康復後親友送花迎接在自宅前留影

婚前，小藝在宜昌的一家公司上班，因為工作的關係認識了台灣的先生，這段跨越海峽的婚姻，帶來的並沒有多少不一樣，因為愛情，他們最終一同生活。小藝是幸運的，有疼愛她的丈夫，有疼愛她的婆家，還有永遠是她靠山的娘家，然而一場瘟疫的來臨，小藝說感覺自己突然變成了一個瘟神，村子裡因為他們一家人有人感染，全村封閉，小藝在康復後捐出幾千元人民幣給村裡購買防疫物資，略表歉意。在醫院裡的醫療是免費的，不過就算治癒也要再集中隔離兩週始能返家，至於什麼時候才能回到台灣和家人團聚，小藝目前不敢妄想，滯留湖北的台灣人超過1,000人，就算都是健康的，在兩岸微妙的政治環境下，這些人卻好像被台灣無情的拋棄了，協商緩慢，返家遙遙無期，第一班包機後，間隔37天後才又有第二次包機，還有一千餘人希望返台，小藝乾脆安心在湖北暫住。她每天按照中醫保健的常識保養，自己在室內也試著做一些運動，跟台灣的親人也只能透過視頻聊天。有人問小藝，有沒有後悔過這趟回來大陸，小藝堅定的說：我不會後悔，再給我一次選擇，我還是會選擇回來跟家人一起面對，我怎能忍心看著家人身陷危險而自己置身度外呢？

小藝的回答可以代表無數個從大陸遠嫁台灣的姐妹心聲。這海峽間的距離到底是有多遠，從愛情到婚姻，從大陸到台灣，當你終於愛上這塊土地並且把台灣當成第二個家，當你硬是被拖進這場曠日持久的政治口水戰，對一個只是想得到簡單幸福的小女人，怎一個難字了得。

　　註：上文由安妮代替小藝撰寫。

欽仔／台南・大悟

疫情・毅情・溢情

2020 年 1 月 21 日晚上十點多，來到睽違多年未訪的武漢，當晚，暫借宿小舅子家。隔日，直奔久違的孝感市大悟縣岳父母山中的家。當晚，酒足飯飽，好是滿足，渾然不覺午夜過後一場驚天動地的事件即將發生。

1 月 23 日，武漢封城。我們的所在的灣子（當地比村里還小的單位）雖晚了幾天，也封絕了。「封」字二土寸封無洞，往後的數十天，湖北省染疫者數以萬計，往生者家庭瞬間破裂。

疫情當前，眾人對染病的惶恐與驚嚇，家家戶戶緊閉門窗，深怕無形的病菌從縫隙中竄了進來。岳父母所在的山居，與群山為伍，樸實勞動度日，終日操

勞，以得飯飽。疫情發作的眼下，我們有幸跟著岳父母一家的腳步，砍柴、紮松毛（松葉）、挑土、摘菜……，與其終日惶恐害怕，不如轉換心情，用堅毅樂觀態度以對，它是面對困難挫折時最佳的良藥。

面對疫情，有家歸不得，最難面對的是孩子們無法上學的淚眼，台灣接機不成，2 月 5 日東航載途告吹，兩岸協商，不知真假！哭了孩子，苦了無能為助的多數父母。艱苦無助的環境，催生平時難以言語的老爸滿溢情話。

◉ 2020 年 2 月 18 日

雯雯，或許你無法接受，但老爸要告訴你，你跟芃芃都是爸媽的寶貝，或許因為時空的不同，氛圍的影響，爸媽對妳們有些疾言厲色，但妳必須相信，我們倆是愛妳們的。這場世紀疾病，誰都料不到會這般的嚴重，爸媽很努力的設法能快點回家，但事與願違，人微言輕，兩岸的政治較量，讓我們暫時回不了家。處在這難過的氛圍下，要樂觀看待一切，苦日

作者受困期間運石築家牆圖安 |

作者一家人受困期間靠健行練身

子要用樂觀來面對，快樂是一天，難過也是一天，何不選擇快樂過日子！時時轉念，試想難得有機會陪外公、外婆這麼長的時間，試想又有誰有這不平凡的境遇！在我上大學的那段時間，我跟幾位同學是班上的異類，因為大多數的人，都是重考數年！老爸希望妳用這時間，沉澱心靈，轉換壓力，這段時間的經歷，會是妳日後成長的資糧。時時轉念，轉善念，轉正念。加油。

◉ 2020 年 2 月 21 日

　　雯雯，隨遇而安。你的人生還很長，中途你會遇到很多的不順心、好朋友的背棄、學業的不順利、工作的不順遂等，會有很多的困難要去磨練你。當你面對這些不如意時，你無法改變現實，只能轉念自己，凡事往正面去看，不如意的背後其實會帶給你很多心靈上的強大跟成長。這次肺炎是你除掉人生部分心靈絆腳石的磨練，功課掉了，找時間來補上，趁著這時間，看看樸實的外公外婆處事的樂觀心態，遇到難題，靜下心面對，不慌不氣，反正是遇到了，就不慌

不氣的坦然面對。謾罵和攻擊，只會讓自己陷入情緒的漩渦，越捲越深。要跳出來，走到戶外看待不一樣的風景。很多人的成功，是要心靈上受到極大的磨練後的啟發，這些都需要時間跟機緣的巧合。期待你經由這次的磨練有所成長，加油！

天災人禍，降臨無期，世界一家，患難與共，一方有難，該八方馳援。

疫・境

　　過去兩年是我人生中最不平靜的一段時光。先後遭遇破產、債務、官司、背叛、離婚和父親去世……

　　各種痛失，不堪負荷。

　　但我依然很忙碌，從未停止過奔波。

　　以為 2020 是重生的一年，但似乎厄運還沒有結束。武漢還有一位七十多歲的母親，原本打算今年過年帶媽媽出國旅遊，但爸爸去年剛過世，按照習俗，第一年需在家中守年，於是，我在去年十一月預訂了台北飛武漢的機票返家探望母親。儘管忙得像陀螺，儘管在飛武漢前夕也收到一些零星的肺炎訊息，朋友也好意提醒，但我還是毅然決然的回去一趟，畢竟媽

媽住在那兒，要是真的有疫情，單獨遺留她一人我更不放心。做好了各種防護，買了一些口罩，1月15號，我登上了台北直飛武漢的飛機。

1月的武漢很寒冷，一回到媽媽家，我從早到晚都躲在幾年前從日本買回來的電暖桌下不敢出來。隔天，我戴著口罩搭地鐵去逛街買了些東西，那個時候路上的人還很少戴口罩。1月23日，武漢宣布「封城」了。

因為是春節期間，媽媽囤積了不少年貨，心想足夠我們兩人應付一段時間了。這是我長這麼大第一次過這麼冷清的年，和媽媽簡單吃了年夜飯，媽媽就到客廳看春晚。這一個春節，沒有親戚往來、沒有鞭炮、沒有歡聲笑語，卻多了種詭譎的氣氛。沒過幾天，我收到了航空公司取消航班的簡訊，簡訊說一直到4月底都不會再有航班了。原本打算半個月就回台灣的，我什麼都沒有準備，只帶了一套冬裝。我開始焦慮了，不僅是我，全中國大陸都開始焦慮了。我第一次體會到什麼叫「封城」，內外交通全部關閉，店家全部關門，偌大的這座1,100萬人口的城市，儼如死

城，這景象似曾相識，對，是在好萊塢災難大片中。

從一開始還可以走出社區，到很快不能出社區，接著連家門也不能出，我感受到疫情的嚴重程度。全湖北的居民都很遵從政府的防控指揮，待在家中不出門，只靠手機和微信與外界保持聯絡。接下來，我的焦慮轉換成我該如何回台灣，畢竟我的生活工作還是在台灣，無法長時間待在武漢。輾轉經由一個微信朋友把我拉進一個滯留湖北台胞自救會的群組，幾百位像我一樣滯留在湖北地區的台胞在群組裡釋放著跟我一樣的焦慮，在那一刻，我的心情是「終於找到組織了」。

除了睡覺，其它時間都在關注群裡的消息，同時也關注著武漢和全中國大陸的疫情發展。 群組中，大家依舊心急如焚地討論著各種可以返台的可能性。很快的，在兩邊政府的努力下，促成了 2 月 3 日第一班包機，原預定 2 月 5 日第二班包機接完剩下滯留的人，我也被安排在第二批包機名單中。大家都很興奮，配合地區台辦的要求辦理好各種資料登記，我也迅速整理好了行李箱。第一批包機的 247 人順利抵台集中隔

離了，但是沒有想到，由於各種原因後續包機計劃生變，第二批包機取消了，群組一片混亂，大家陷入失望中，接下來的是無盡的等待。我無時無刻不在關注著兩岸的最新動態以及電視新聞，也加入了志工團隊做一些力所能及的事情，我們每天開會討論包機的進展，大家心急如焚，歸心似箭。而此時，武漢的疫情也進入了嚴峻的考驗中，人人自危，每天只能從早到晚抱著手機，緊盯著當下的形勢，希望能從中找到一點點驚喜，但往往都在驚嚇中渡過。

由於是重災區，採購物資變得很艱難，慶幸自己從台灣帶回了一些口罩，但很快的也所剩不多，2月16日這天，我意外地收到一個來自上海，從未見過的微信陌生網友，寄來一箱防護用品，我只是曾經在某個群組聊天中表達過口罩的缺乏。那一箱裡有10個N95口罩，40個醫療口罩，和10雙手套，那天下著雪，我想這應該就是名符其實的雪中送炭吧！各地的朋友知道我在重災區武漢，每天都非常關心我，想盡辦法幫助我，我對她們感到非常地謝謝，永遠銘記於心。

每天社區的志工會打電話來詢問當天的體溫，關心有沒有任何不舒服或任何需求，當地台辦和居委會也送了好幾次免費的生活物資，讓我焦慮的心得到了些許的安慰，感謝他們，這一次的疫情也讓我真的有感受到人民團結和一方有難八方支援的擔當。在日復一日地等待中，湖北的疫情也日趨穩定，但我們始終沒有包機的消息，與此同時，我們全部滯留湖北的台胞也被政府基於防疫考量，給予了「註記」，使得我們無法去另外有通航的城市搭飛機返台。群組裡開始有很多人出現各種狀況，有人借住親友家無法長駐、有孕婦無法產檢、有慢性疾病患者已經斷藥、有人焦慮到想自殺……而我也開始頹廢沒有鬥志，沒有食欲，下一班包機遙遙無期，疫情在中國大陸漸漸消失，但卻開始在全世界蔓延，每日被隔離家中卻依然要煩心台灣的一切事物，沒有收入的同時帳單卻一張不少，焦慮的情緒每天排山倒海的湧來。

　　除了要保重身體，煩惱生計，台灣民眾對我們回台的反彈聲浪，讓我產生了巨大的恐慌，我開始擔心回去之後會不會不受歡迎，會不會被排擠，會不會被霸凌。3 月 4 日，我被台辦安排做核酸檢測，兩天後

被通知結果是陰性，其他人也都陸續做了檢測，大家都沒有染病，我想這是必然的結果，大家都已自我隔離在家超過 30 天了。核酸檢測的動作開始讓大家蠢蠢欲動，期待好事發生。終於，在第一次班機 37 天後，3 月 9 日晚上群組中有人告知台辦通知他們明天有包機的消息，群組又是一陣騷動，收到通知的人都非常興奮，但很遺憾的，我並不在此名單中，再一次的失望。我為第二批的幸運兒感到高興，他們一路連線拍攝去機場的過程，雖然中間發生不少小插曲，看著他們順利的搭上飛機抵達台灣，他們的如釋重負我完全能夠感同身受。

在漫長的等待中，我也經歷了一場心靈的洗禮，對於這兩年所遭遇的種種，我不能說自己已經完全走出來，但我知道所有的丟失，都是為了珍愛之物的來臨騰位置；所有的匍匐，都是高高躍起前的熱身；所有的支離破碎，都是為了來之不易的圓滿。而這一場疫情，到底是惡夢的延續，還是天將降大任前的磨練，惡魔出來了，天使也出來了。無論是因恐懼而自私，還是患難見真情，這段日子我看到了很多平日看不到的，也領悟了很多平日無法領悟的。疫情總會過

去，也許這是一個機會去思考，什麼該珍惜，什麼該放下。

　　撰寫本文的此刻，我已在武漢隔離兩個月有餘，武漢疫情已經「清零」，湖北省其他各地也早已解封，我雖然還不能出社區，但已可每天在社區內散步、曬太陽。1月時剛到武漢的枯枝敗葉現在已一片春暖花開，社區裡有一個天然湖泊，每天上演著無與倫比的落日美景，每看一次落日代表著又過了一天。是啊，我還是幸福的，記得去年為了欣賞這般落日，還驅車好幾個小時去台中的高美濕地，其實幸福就在眼前啊。只是感慨原本打算2020好好努力，卻迫於無奈，每天聽風賞魚看日落，漸漸地，不再掙扎，漸漸地，平靜了。身體慢下來，牽著心和靈。我相信一定是上天想考驗我什麼，想教會我什麼。我相信一切都是最好的安排。

作者住家社區內盛開的桃花

鄂囧

　　武漢封城兩天後，1月25日半夜1時，手機收到簡訊，宜昌自當天（25日）上午6時開始封城。完全沒意想到，宜昌距離武漢約350公里，原以為疫情不會延燒到這裡，想不到她也宣布將封城了。

　　天人交戰很久，是馬上收拾行李、抱起熟睡中的小孩，叫醒老二（親戚的暱稱）半夜載我們去宜昌機場，以便清早離開，還是靜觀其變？我和太太決定按兵不動。一來，不確定六點後宜昌機場飛機是否會起飛？其次，我們沒機票，萬一到了機場當場買不到機票，可能會受困機場，寒天地凍，小孩子可能受不了；第三，老二送我們去機場，回程應該會超過6點，有可能因封鎖而陷於中途無法返回。所以，我們決定明日再見機行事，這個險不能冒。事後，我們認

為這決定是不正確的，自那時起迄今，我們受困超過70天。

那一夜，我失眠了，有史以來第一次。

中國大陸太大，命令的傳遞與執行上有時間落差，事後發現，封城在鄉下地方的進展是緩慢的，想到哪封到哪，大約2日後才完完全全地封鎖，無法動彈。

隔天，26日，很早就醒來，發現宜昌三峽機場竟然沒封。不懂，封了路不封機場，民眾如何能去機場呢？不過，或許是個機會，一個可以離開的機會。正在納悶之時，手機又傳來一份公告，大意是：欲前往宜昌三峽機場搭機者，須集中至市區東火車站旁，統一搭乘巴士前往機場。我還查詢到隔天27日的票還有，那是一趟先往西飛到昆明，再往東飛回台灣的路線，雖然往回飛，但已是最好的選擇，單程票價一人1萬8千台幣，逃難時，已顧不得費用，頓時，有了希望。但，路都封鎖，如何去巴士站？我們的住處離巴士站約40公里，高速公路約1小時內可到，但已封

不可走，或許還有小路，我決定探路，若確定可行，
馬上買票，明天就走……

　　當日中午吃飽約 1 點半出發，老二載我，帶著手
機和一瓶水就出發。主要道路已封，我們直接走小
路、鄉道和山路，結果駛了約五分之一路程後，突然
前方路被土堆擋起來了，山貓正在鏟土設置路障，我
們見狀只好回頭，不死心，往旁邊的小路彎了進去，
往山上開，左拐右彎開了約數十分鐘，我們希望繞過
那路障關卡，在一個村子裡詢問村民，他們告知不可
能繞得過去，只好放棄。

　　我們回頭，當時已午後三點多，原本已欲放棄返
家，但老二提議再試試看，嘗試了另外一條路，想不
到挺順利，估計又前進了三分之一的路程，就在我們
的鄉鎮與臨鎮交界處，公路路障出現，同時有民警看
守，無法越雷池一步。老二的手機導航軟體很神奇，
它指示我們可以往左拐入小路，我們決定嘗試。導航
app 帶我們在山上開了兩個多小時的山路，飽覽湖北
鄉村美景，滿山都是小橘子果樹，獨棟的農宅坐落在
各山腰，陣陣渺煙升起，頓是平靜與悠閒，要不是心

急的在找尋回家的路，實在好想下車觀賞一番。山路彎曲且顛簸，左邊一個彎後又往右彎，上坡開上又下坡，我們完全依賴導航系統，兩個小時的路線太過複雜，我們已無法記錄開過的路，心想，回程時還是靠導航即可。

根據導航系統定位，發現我們的位置似乎去機場比去巴士站還近，我們決定直接勇闖機場，一探究竟。導航系統建議的路線有時令我們心驚，不知是否接受建議，有些路小到只有一台自用車寬而已，有時看似要我們開進果園，我很佩服那個導航系統，它連鄉間小路都可導，實不知它是如何建立資料庫的。

當日下午近 6 時，我們終於前進到宜昌三峽機場附近，已開到機場跑道圍籬旁，行駛的路線依然像是無人通行的小路，這時導航出了些狀況，一直帶我們打轉，始終無法前進到機場入口。最後，終於走出迷途，就在前往機場入口的路上，最後一關，由警車看管封鎖，難越雷池一步，非常遺憾。原本要改前往巴士站，但時間已晚，還是決定返回，或許明天再嘗試前往巴士站。

我們已完全不記得如何來之原路，只好繼續聽從導航指示，但它也似乎忘了來的路，我感覺導航的路線來程並沒走過。沿途都是各式各樣的路障，有土堆、有卡車、有怪手，甚至也有樹木，大開眼界，把它都拍下來留念。我們就像隻草履蟲，每遇到障礙就折回走另一條，持續不斷地遇障、折返，估計遭遇路障不下10處，我開始意識到，我們好像回不去了！

　　事後我們知悉很多路障是當天下午才設的，等於是我們前腳才剛開過，後面路障就架設了起來。晚間七點多，我的手機已沒電，老二的手機不久後也沒電，車上充電系統故障無作用，頓時失去導航、失去聯繫方式，在月黑風高的夜晚，在山區的道路上，沒導航還到處封路，十分擔憂並且有一絲害怕。突然間，我們看到遠處加油站的燈光，加了油，也替手機充了電，心中燃起一絲生機。此時，另外一輛車開進加油站，我們一聊，得知他們也是要到我們居住的鄉鎮，有了夥伴，他們告知已經在此處從下午開始繞了超過六小時，仍無法離開，到處是路障。我們分析後，做了鼠年第一個重大決定：排除路障！要回家，只有闖過去，把路打開。

| 湖北省封城期間郊區各式各樣的路障

众人在暗夜中排除路障 |

評估用車子做路障者我們動不了，決定找土堆路障下手。在一個路障前，迎面而來幾輛車，雙方在路障兩端閒聊，得知大家的目的都只有一個，就是要回家，大家共同研擬對策。這幾名同好稍早已從前面的村莊農戶庭院借了鏟子和岩鍬，目標一致，大家互稱兄弟，分處路障兩邊，冷風的夜裡，有人挖土，有人鋪稻草墊厚止滑，以便讓車子可以駛過，花了一個多小時終於開啟了回家的路，剷平了土堆一角。第一輛車緩慢的通過，車身已碰觸到土堆，底盤亦已略為卡在土堆，經過前進後退的操作，它終於通過。老二的車是手排的，他要我來操刀過關，我坐上駕駛台後，心想，需一鼓作氣通過，馬上以超過三千轉的高扭力順利越過土堆，和戰友們互道再見與祝福後，我們持續後續的行程，此時已經夜間約 10 點了，鄉村的夜間原本應該寧靜無聲，被一堆行駛在農村小路的汽車破壞，實在不願意打擾他人生活，但是又何奈，都是亟欲返家的人。我們隨後又經過了兩處已被同好處理過的路障，順利通過，終於回到家。

　　朋友提醒我，排除路障這事不能張揚，免得被抓去關。幾天後，朋友傳來《交通部運輸部發出的緊急

通知》，其中一段是「不得簡單採取堆填、挖斷等硬隔離方式，阻礙農村公路交通」，朋友開玩笑說，我們排除農村路障的義舉可能會因為挖得又快又好，被送到各地示範教學。

我們從下午 1 點半離開，回到家 11 點半，歷經 10 小時，差點回不了家。

當晚，第一次見到新聞提到可能派專機接送返台之事，很多朋友轉來訊息，然而，孰不知，我們去不了機場。

隔天，訊息發布，宜昌三峽機場也開始封閉，自此斷了搭機逃離返家的念頭。

那些被禁足的日日夜夜

　　艾瑞思一家四口於 2020 年 1 月 20 日回湖北孝感探親，因為工作和家庭的關係，長年時間不自由，加上中國大陸的冬天太冷，所以艾瑞思雖然嫁到台灣十幾年了，可從來沒有回大陸過新年，她想著大兒子明年要上國三，課業繁重更不可能回去，所以全家決定今年到大陸過年，同時探望外公外婆，或許也可滿足小孩期待看到白雪的願望。

　　艾瑞思其實是一個特別怕冷的女生，以前在老家時，每年冬天都逃不過凍手凍腳的摧殘，一雙纖纖玉手經過一個冬天，總是傷疤累累，那時候她最大的願望就是以後去一個沒有冬天的地方生活。艾瑞思長大之後，去了沒有冬天的中國大陸東南沿海城市深圳工作，並在那裡認識了現在的先生。因為雙手每年都會

凍傷，舊傷剛好新傷又來，反覆循環，所以艾瑞思的手看起來黑黑皺皺的，當時還被先生誤以為她在家過得艱苦，雙手是種田做農活造成的。

回到娘家才兩天，1月23日，也就是除夕前一天早上，家家戶戶都還瀰漫著過春節的喜氣時，艾瑞思像往常一樣睡醒打開手機時，被鋪天蓋地的一則訊息震到跳了起來，因為新冠肺炎疫情大爆發，為防止春運期間人潮流動造成疫情擴散，自當天上午十時起，武漢市公交、地鐵、輪渡、長途客運等暫停營運，無特殊原因市民不要離開武漢，機場、火車站等離漢通道也都暫時關閉。微信朋友圈被湖北各地封城的消息刷屏了，就在一家人還在討論疫情的嚴重程度，還來不及反應之時，卻得知她們所在的孝感市也封城了！當地政府規定必須要有通行證才能出門，居民小區實行全封閉管理，所有的餐廳、酒店、電影院、網吧、KTV、商業街等公共場所全部關門停業，僅保留超市、藥局，提供民眾基本生活物資和醫藥需求。艾瑞思她們因為時間緊迫，來不及儲備生活物資，加上外公、外婆、舅舅一家共七張嘴，短短數日內就吃光了家裡所有的食物，在食物短缺的情況下，全家決定由

正常的一日三餐，改成一日只吃兩餐，曾經有一個禮拜的時間，她們只能吃白麵條，或者白飯配榨菜。後來，小區開始有志工幫忙代購，可以購買油鹽和米麵等主食，但一時間無法購得新鮮蔬果、魚、肉、蛋等食物，大人尚可以忍耐，但苦了孩子們。記得有一天，兒子端著一碗白飯，看著手機吃得津津有味，艾瑞思以為兒子是在跟誰聊天，湊過去一看，原來他正看著一張讓人垂涎三尺的牛排照片，照片配飯希望可以增加自己的食慾，艾瑞思試圖控制即將決堤的眼淚，此刻，像溫飽這種人類生存基本條件，竟成了她們所面對的難題，艾瑞思頭一次感受到災難的氣息，那些生死關頭災難大片的場景，一一浮現在她的眼前。

打開電視機，幾乎每一台都在播放跟疫情相關的新聞報導，全天24小時播報著各省市感染新冠肺炎的確診人數、死亡人數，短短數日內，確診人數從數百人增至數萬人，內心無比的恐慌跟無助，一時之間，湖北成了全中國大陸關注的焦點，武漢則臭名遠播，甚至有些地方直接稱呼新冠肺炎為武漢肺炎。艾瑞思在台灣時，有人問到：妳的家鄉在哪裡？當她回答是

武漢時，沒幾個人知道武漢在哪裡，艾瑞思補充：那是國父孫中山武昌起義的城市，那裡有長江和黃鶴樓……問者才似乎稍微知曉。回去後，再遇到有人問家鄉，應該沒有人不知道武漢了。但，這不是個好的連結，若是因為病毒，寧願大家還是不認識武漢。

封城來得太突然，據不完全的統計，滯留在湖北省境內的台灣同胞達一千六百多位，多數以短期探親、旅遊、出差為主，平安返回台灣成了眼前大家最關心最急迫解決的問題。經過多方努力，247 位台胞於 2 月 3 日第一班包機成功返台，艾瑞思他們一家四口被安排在第二批包機，預定 2 月 5 號返台。就在他們高興著打包行李時，卻意外的接到取消航班的通知，原因是第一批回台人裡檢測出一位確診患者，以及名單問題，台灣因為該事件鬧得沸沸揚揚，一般民眾都害怕滯留湖北返台的人會攜帶病毒入侵，會加重台灣的防疫工作，會拖垮台灣的醫療系統，網絡上反對她們回台的聲浪越來越高，她們被當成了病毒、生化武器，就這樣，艾瑞思返台的願望破滅了。

為了能夠盡早的回家，艾瑞思和家人每天輪流打

越洋電話給陸委會、海基會，寫陳情信向蔡總統求救，希望能趕快回台，能想的能做的都試過了，得到的答覆只有一個字，就是「等」。她們像皮球一樣被踢來踢去，她們是拿台灣護照的公民，有權回到台灣，她們要回去工作，小孩要回去上學，她們不是感染者，她們願意配合台灣的檢疫措施、隔離政策，為何就是不願意協助她們返回呢？滯留台人在台灣生活工作、繳健保、繳納各種稅金，卻連基本的回家權利都被剝奪。包機無望，艾瑞思本想透過散客的方式，自行由其他機場返台，卻被以防疫優先為由註記，不得自行返台，艾瑞思沒犯罪，但她現今的處境如同通緝犯一般，被拒絕在國門之外，連想自首都不行。

時間一天一天的過去，艾瑞思一家人每天過著重複且單調的日子，七個人待在約 30 坪（一百平方公尺）的小空間內，足不出戶，客廳、房間、廁所、廚房每天循環，她從沒這麼仔細端詳過這房子。需要買米或買菜時，只能在微信群組或網上訂購，由社區管理員或志工送上門，每次艾瑞思都得戴上口罩跟手套，從包裹得像太空人一樣的志工手中收到物資。取得後，第一件事就是先用酒精布擦拭消毒，必須守護

好自己和家人的健康，只有健康才有回台的機會。從來沒有人在家關這麼長的時間過，孩子們每天垂頭喪氣、精神低落，除了電視跟手機也沒別的娛樂選項。艾瑞思雖然知道看電視、玩手機會傷害小孩視力，但不看就只能發呆了，外公外婆家沒有任何玩具和課本。

　　一晃時間已來到了 2 月 25 日，封城已滿月，這天是台灣中小學延遲後開學的第一天，艾瑞思有兩個學音樂的「小情人」，大兒子小奕今年讀國二，是新北市青少年管弦樂團的小提琴手，學音樂有八年的時間了，平時每個禮拜天都要參加弦樂團的團練課，每天上學不管多忙，放學回家都會抽空練一下琴。這次來外婆家，原本計畫只待一個禮拜，所以並沒帶上心愛的小提琴，現在被禁閉在此，小奕說他每一天都在懷念以前拉琴的日子，非常擔心太長時間沒有練琴，手指會變得僵硬，琴技會退步，他很想念學校和樂團的老師，以及所有的同學，他很想趕快回去上學。小兒子小睿學的樂器是鋼琴，前兩天，台灣的鋼琴老師才打電話來詢問艾瑞思，小睿何時能回去台灣？之前報名的鋼琴檢定考時間到了，報名單位回覆如今年無法應考就只能順延至明年。艾瑞思知道小睿很不甘心，

但是又無奈，只能開導小睿，艾瑞思擔心他幼小的心靈受創太重。艾瑞思告訴小奕和小睿，此刻，生命安全最重要，我們雖然隔離在家沒有自由，至少我們是全家人，和那些在疫情前線抗戰的醫護人員相比，跟那些被可惡的肺炎病毒感染的患者相比，我們已經幸運很多。

日子持續重複著，除了吃飯、輔導孩子課業、看電視、睡覺，還有反覆地打電話給海基會、陸委會和市台辦追蹤回台包機的發展。第一次包機已經離開 30 幾天，終於，在 3 月 8 日那一天艾瑞思探聽到似乎即將有第二次包機，隔天，孝感市台辦上門給艾瑞思一家四口做了病毒核酸檢測，為返回台灣做準備，一切是那麼的順利，檢查結果確定是陰性，未受感染，艾瑞思心想她們一家應符合老弱婦孺優先的原則，馬上就可以回家了。

直到 3 月 10 日清晨，艾瑞思並未接到任何的通知，可以確定當日真有包機但她們全家並未在名單內，她不知道問題到底出在哪？她不明白包機名單為何沒有她們？她不知道是誰主宰了她們的命運？她知

道錯過了這一次可能又要再等一個月、兩個月甚或更久，她知道回台無望，除了包機之外，她只能再等，艾瑞思無助、心酸和絕望。

本書付梓時，艾瑞思和上千位台灣人仍舊受困在湖北各處。

艾瑞思憂心兒子的音樂之路受到影響 |

給孩子的信

「孩子，我想告訴你們，我們短時間回不了台灣了！」台灣的輿論告訴大家，我們可能攜帶著病菌，甚至說我們是生化武器，我們要告訴你，這並不是事實。孩子，你們都是健康的寶貝，你們是台灣之子，是台灣未來的希望，爸爸媽媽並不是故意要帶你們到這險境，我們只是剛好到湖北探親而遇到了這世紀疫情，我們也是受害者。每個孩子都是爸爸媽媽的寶，沒有人會讓家裡的寶貝受苦，沒有人會把家裡的寶貝帶去危險的地方，這個地方出現了一些傳染病，我們來的時候並沒有，它突然很快地發生了。

孩子，我們可能要在這裡待上一個月、二個月甚至更久了，你們的老師送簡訊來問我們有沒有到武漢或湖北，我不敢回，深怕你們被貼上標籤，被霸凌。

哥哥的課業已經是這種狀況下最輕微的災情，我們只能期待回去後能多用功儘速補上來。孩子，你們不到十歲就要面臨這種嚴峻狀況，我們的生命受到了威脅，其他國家的人都回去了，但因為種種的原因，我們回不了家。看見你們還是成天玩耍、嘻笑、吵鬧，天真無邪，也好，好好開心地度過這時日，等你們長大了，爸爸媽媽會把這故事告訴你。

你們知道嗎，你們的一個噴嚏，一個咳嗽，爸媽心頭就一陣驚嚇，你們總聽到爸媽喊著：是誰打噴嚏?! 我們深怕你們生病感冒發燒，每天，社區委員會派人來量體溫，通過的那一剎那，爸媽總是深深地呼上一口氣。我們睡得並不安穩，湖北比台灣冷很多，你們半夜喜歡踢被子，我們必須隨時幫你們把被子補上，一旦感冒發燒，不管你們有沒有得到肺炎，就會被帶走送去集中觀察，孩子，我不敢想像那會是什麼情形。

親愛的寶貝，你們一定要好好照顧自己，不能生病。爸媽不懂政治，政治很複雜，我們只是不能理解，國民在外遭遇災害，政府第一要務要把人民安全

救回，任何國家都會這麼做的。孩子，你們一直問我們為什麼還不回家，我們沒法再回答，政治的事你們長大才會懂。你們要吃蛋糕、要買玩具，爸爸媽媽都會答應你們，在我們回家那一天。

我們全家都會記得這段時日。

孩子，你們千萬要保重。

寫于 2020 年 2 月 10 日 湖北宜昌

隔離所的日常

3 月底，我們終於搭上回家的班機返台。

雖然不是太願意，但仍樂意接受政府安排，住進集中隔離所，台灣幾處的集中隔離所主要都是自湖北返台的民眾住過，算是一種體驗。不太能接受的原因是因為湖北除武漢尚未解封外（正式解封為 4 月 8 日），其餘地方在 3 月 25 日均已解封，恢復正常生活，早已無新增病例，然而一般人並不相信。相反地，自 3 月之後，台灣新增確診病例幾乎都是從歐美返台者，反而沒有自中國大陸返台而確診者（尚有五個機場可來台），本幻想我們可能如同歐美返台者一樣，自行居家隔離即可，在家隔離活動空間可能大一些，孩童比較能承受，且還可做些家事。然而，若能讓國人安心，甚至降低未來返回日常生活可能遭受的

異樣眼光，已在湖北自我隔離超過 70 天，再集中隔離 14 天又何妨，等待出關時，等於獲得兩岸認證，是超級健康之身。

　　返台當日深夜，拖著疲倦的身軀，半夜約 2 點才抵達位於台北市近郊山區的隔離所。隔離所是棟四樓的建物，每樓層估計有十幾間房，這些都是揣測值，因為我們除了沒有被蒙住眼之外，其實到了哪裡？該

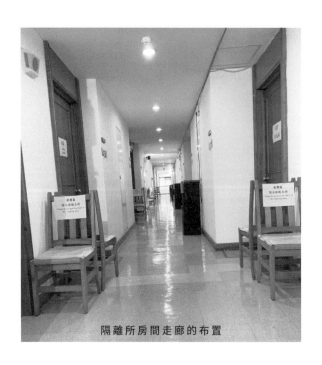

隔離所房間走廊的布置

做什麼事都不甚清楚，都是聽從指揮中心人員所指示，一個口令一個動作。隔離所的第一項規矩是，必須個別隔離，亦即便是兩夫婦也必須分開在兩個房間隔離，有人曾提出可否簽署全戶共同隔離責任自負書，亦未獲准。我在機場估計此次撤離的人員中，應約有三分之一到半數是小孩，還包含襁褓中的嬰兒，對於孩童的隔離規定是，能生活自理者即須個別隔離，不能自理者則由一位家長照顧，共同隔離，也就是說，兩大兩小的家庭須分別在兩間房間隔離，一位家長照顧一名孩童，前述能否生活自理基本上以 12 歲為界，12 歲約是就讀國小六年級的年齡，換句話說，國小孩童可由一位家長照顧，國中以上者，需自行隔離。這對很多國一或國二的家長帶來很大的憂慮，台灣小孩不像歐美小孩較獨立自主，常需要被妥適的關懷與照顧，或許這兩週就是他們成長過程中很好的歷練，放心，小孩子潛力無窮，毋須小看，兩週後，家長們肯定又驚又喜。

我們這樓層有一位媽媽是帶著三位小孩返台的，最小的還在襁褓中，最大的為國小，房間的隔音阻擋不住小孩的哭聲和吵鬧聲，不論白天或黑夜，我心裡

擔憂這位母親如何能度過這 14 天，但我也很相信，為母則強，辛苦、緊張的日子前兩個月都已過，還有什麼難關，只需數日，這位媽媽很快就可恢復自由。

我們並不知隔離所是如何運作？由誰負責？是防疫指揮中心直接負責或委外安排？但我們很確定的，整體的規劃、布置與準備相當完善。房間是既有的，各隔離所應該略有不同，我們所在之處的隔離房間含衛浴約 3~4 坪空間，1 個大人使用應該足夠，1 大 1 小使用亦可。隔離所有兩個單人床、兩張書桌和椅子，還有一台裝設有中華電信 MOD 的電視。進隔離所時，第一眼所見是滿桌的生活用品，從毛巾、浴巾、牙膏、牙刷、拖鞋、茶包、水壺、紙杯、紙碗筷、洗衣皂、垃圾袋等，應有盡有，如果說只攜帶個人換洗衣物即可來此隔離，絕不誇張。很貼心的，有小孩入住的隔離房間還準備有童書。飲水機在走廊，四間隔離房共同一台。每間隔離房的門口都有一個木椅，不可搬動，那是每天發送便當或相關物品時的擺置空間，門口地上還有用紅色膠帶黏貼出的一個正方形，那是擺放垃圾的位置。房間牆上貼著隔離所的規矩，用中英文撰寫，相當國際化。從這些準備可以看出負責單

位非常有組織與經驗，我相信他們一定持續在改善，以目前的準備來說，幾無可挑剔，也讓進隔離所忐忑不安的心情略得安穩。

　　隔離所規定每日上午 10 時和下午 16 時要量兩次體溫，每間隔離房間都備有溫度計，每日定時會有護理部人員打電話來詢問體溫以及身體是否有任何不適。入住隔離所第二天就安排了核酸檢測，各房間接到電話通知後，配戴口罩到各樓層玄關處採樣，幾分鐘即完成，這應該是這 14 天隔離生活中，離開房間最遠的地方，約 10 公尺。既然是隔離，當然是不能外出、不能離開房間、不能會客，只有一個時刻可以看看空無一人的走廊，就是到飲水機取水當時，房間已經有常溫的桶裝飲用水，但若需要熱水，可佩戴口罩至走廊飲水機取水，四個房間共同一台飲水機，從房門到飲水機僅約 2-3 步伐的距離，趁著取水十數秒的時間可以左顧右盼一番。兩週隔離期間，房間內需自我整理，垃圾每兩天收乙次，也會以廣播通知何時可將垃圾拿出放在門口紅框內。

　　大家對自己身體的健康是非常有信心的，因我們已

在湖北自我隔離超過二個月，我們並未被通知核酸檢測的結果，但第三天從新聞中已知為陰性，未受感染。

俗話說：民以食為天。隔離所的飲食安排變成是重點工作之一。牆上的規矩寫道：每日上午 7 時至 8 時為早餐發送時間、中午 12 時至 13 時發送午餐、傍晚 17 時至 18 時發送晚餐。由於第一晚入睡時已近清晨 4 時，第二天早上約 7 時許突然被廣播嚇醒，廣播的擴音器在房間內，聲音頗大，這廣播並非是起床號，它的大意是：後勤部要開始發送早餐，請我們這些受隔離的人員待在房間勿出房門（取水），俟發送完畢後會通知大家開門取餐。首日實在疲倦，未能理解，午餐和晚餐時都有類似廣播，慢慢清楚了，由於我們是潛在帶菌的毒人，工作人員不想和我們有所接觸，因此在分發便當到各房門口木椅時希望不要和我們碰見，請我們勿出門，等全部都分送好了才再廣播讓大家取餐。前一兩天可能是還不熟練，也有可能是便當業者準備不及，午餐接近 13 時了還未廣播可以取餐，我的幾個朋友都等不及了自行開門取餐，這動作其實也僅需不到 10 秒，也未遭受制止，但大多數人都是聽到廣播才取，只因為有條規定說明：未遵守防疫

規定可能罰新台幣三十萬，眾人乖乖聽從指示。

　　很多未受隔離的朋友對餐點感到高度興趣，隔離
所的餐點如同前述生活物資的準備一樣，無可挑剔。
幾乎每餐都未有重複者，隔離房間內若有一大一小兩
人，並非都是兩個大人便當，有時還特別準備小孩子
的便當，份量較少些，但是以小孩子喜愛的食物為
主，譬如有薯條、義大利麵等。中午的便當都是附上

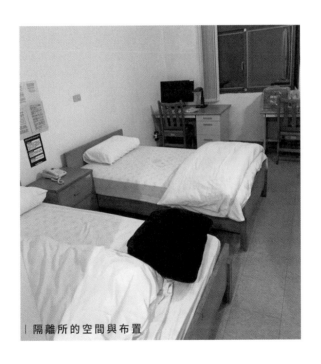

|隔離所的空間與布置

一份水果，晚上的便當則是有一瓶飲料。世界正在防疫作戰，在隔離所還有人招待如此豐盛的食物，應該感恩了。一些朋友提到他們的小孩平常飯量並不大，在隔離房間內也無運動，然而不知為何每餐均幾乎可將一個便當食用完畢，讓父母好生驚訝，父母思考返家後的三餐都用便當盒裝，看會不會不用再煩憂孩童的食飯問題。但有些湖北姑娘就需要稍微適應些，她們剛從滯留兩個多月的湖北返台，湖北菜本就較台灣菜口味重且辣，前幾天的便當對她們來說較為無味，紛紛懊惱沒能隨身帶些辣椒。但大家只有感恩和安穩的心，在集中隔離所，由政府照顧，不用勞煩家人備

| 隔離所準備充分之日用物資

餐、家人鄰居也不用擔心被我們傳染；隔離所待兩週即可返家，回復正常生活，不像前兩個月，日日憂愁，心境大有不同。

相信隔離所的警衛室在我們入住的前幾天肯定是從早忙到晚。第一天，住家在附近的隔離者的家人朋友很多都親自送來生活物資，雖然隔離所物品已有萬全準備，但各人需求不同，必然有很多物品的渴望，譬如送來最多的可能是小學童的書籍，已經缺課兩個月，必須儘快彌補，剛好趁這閉關的兩週加速緊追；第二天之後，居住在外縣市的隔離者家人所寄送的物品也會抵達。本次隔離人數約有二百多人，相關送達或寄達物品必然很多且五花八門，原本親友送物資無時間限制，四天後，規定僅能上午與下午各一個時段，可見其工作之繁重。

在牆上的隔離所守則寫道：嚴禁生鮮食品、高耗能電器用品以及其他危險物品。前兩項很容易理解，第三項的危險物品一直沒能真正體會，直到我的親友送物品來時瞭解了。朋友知道我們被困在湖北二個多月終於返台，現被隔離在此，都很熱情希望能帶來些

實質的問候與支援，我的一位朋友在我們進隔離所的第二天下午即送來一些物品，希望我們能在隔離的日子可以舒服與溫馨一些，然而，所有送來的物品都被要求開箱檢查，且好幾樣物品被拒絕送入，這包含了：為了怕小孩子無聊，一把剪紙用的小安全剪刀、沖泡咖啡用的馬克杯、餐點加料的罐頭、玻璃罐裝的豆腐乳等，其原因令人無言，朋友告知：警衛先生擔心我們自殺，所以這些危險物品均不得送入！馬克杯或玻璃瓶打破均可自殘，罐頭拉環也很鋒利可致命，剪刀不管是不是安全圓弧頭的一律不准；還有一位朋友家人送來延長線亦未獲同意，可能因為那是繩狀物；另一位朋友家人帶給隔離孩童的麥當勞薯條亦須倒出檢查……大家在群組中聊起此事，感到無法理解，每個人受困湖北甚久，到處陳情要返家，回程路上千辛萬苦，奔波千里，就是為了想儘快回到台灣，回復正常生活，怎會想不開？有朋友發現，窗戶上被鎖了螺絲釘，每扇窗戶僅能打開約二十公分，不知是為了防止我們逃跑或想不開，實難臆測。

所有親自送達或寄達的物品在經過嚴密的拆箱檢查後，會在下一次送餐時一併放到門前木椅上，對

成人來說，大部分應都無所求；但對小朋友而言，每次打開門取回餐點若外加一箱物品，比考試第一名還開心，彷彿收到聖誕老公公的禮品，迫不及待的想打開，書本、玩具、貼紙、拼圖、餅乾糖果等都可以陪他們度過在這密閉空間內幽禁的 14 天，也可舒緩家長照顧的壓力。我和女兒隔離在一間，早已知隔離期間無法出房門，擔心女兒年幼無法忍受，因此請朋友送來諸多物品和玩具供其消磨時間，包含貼紙、拼圖、剪紙、書本、音樂本和繪圖筆，但幼童喜新厭舊甚速，須隨時有新意，只好連送來的果汁也拿來當積木，裝玩具的氣泡墊也可令其耗時擠壓玩樂，老弱的身軀仍需被當馬騎和陪玩人肉溜滑梯，有時還得陪她跳舞、聽她上課，無時無刻不看著手錶，時間過得很慢。所有的物品或玩具仍然敵不過電視、平板電腦和糖果，這是三件最不合適孩童的物品或活動但卻最有吸引力者，當我已體力用盡時，只能請它們暫代勞。大家都說，經過這 14 天，父女感情肯定絕佳，猶不知她能否記得這段時光。

　　在隔離所的生活是孤寂或收穫豐碩，得靠自己安排，以及心境上的調適。有朋友苦笑地提到，犯法被

關者每日還有放風時間，但因疫情隔離者不行，實在難熬；還有朋友在紙上寫上 14 天的日期，每過一天則標註上 X 的記號，如同當兵退役倒數一般。

我們除了第二天約十分鐘的核酸檢測外，無其它行程，有些人終日發呆、有些人一直講電話、上網，大部分人只剩睡覺、吃飯和看電視三件事，若是以此操作，肯定不健康。房間內扣掉床鋪和書桌的可行走空間不大，但仍可於固定位置做伸展操，受隔離者都有相同感受，餐點來得特別快，剛吃完早餐很快的午餐就到，一下子又送來晚餐，有人形容像坐月子般，若無運動，對於體態較敏感反應者恐有令人意外收穫。我則是每餐只吃七分飽，以免因為沒有運動而腸胃不舒服，攜帶了筆電，滯留湖北期間已累積無數的事務未能完成，剛好藉此時間逐項處理，但又因為陪伴女兒致使效率奇差，有些家長則變成家教，教導自己的小孩趕上學校進度，再過幾天，他們即將回到久違的學校。

全球疫情還沒結束，但我們即將下檔，從疫情開始滯留在湖北兩個多月，到回台集中隔離兩週，看見人間冷暖，所有參與過的人，永遠不會忘記。

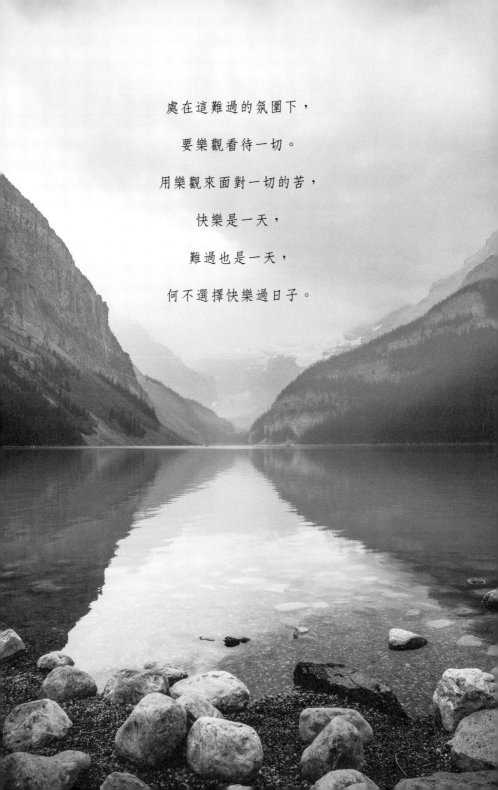

處在這難過的氛圍下，

要樂觀看待一切。

用樂觀來面對一切的苦，

快樂是一天，

難過也是一天，

何不選擇快樂過日子。

Story 34

返家：湖北武漢受困台灣人封城逃疫記

作　　者—尼克等
照片提供—尼克等
副 主 編—謝翠鈺
校　　對—廖宜家
行銷企劃—江季勳
封面設計—陳文德
美術編輯—李宜芝

董 事 長—趙政岷
出 版 者—時報文化出版企業股份有限公司
　　　　　108019台北市和平西路三段二四〇號七樓
　　　　　發行專線—(〇二)二三〇六六八四二
　　　　　讀者服務專線—〇八〇〇二三一七〇五
　　　　　　　　　　　(〇二)二三〇四七一〇三
　　　　　讀者服務傳真—(〇二)二三〇四六八五八
　　　　　郵撥／一九三四四七二四時報文化出版公司
　　　　　信箱／一〇八九九　台北華江橋郵局第九九信箱
時報悅讀網—http://www.readingtimes.com.tw
法律顧問—理律法律事務所 陳長文律師、李念祖律師
印　　刷—勁達印刷有限公司
初版一刷—二〇二〇年五月一日
定　　價—新台幣三二〇元
缺頁或破損的書，請寄回更換

時報文化出版公司成立於1975年，
並於1999年股票上櫃公開發行，於2008年脫離中時集團非屬旺中，
以「尊重智慧與創意的文化事業」為信念。

返家：湖北武漢受困台灣人封城逃疫記 / 尼克
等作. -- 初版. -- 臺北市：時報文化, 2020.05
　　面；　公分. -- (Story ; 34)
　　ISBN 978-957-13-8191-6(平裝)

863.55　　　　　　　　　　109005293

ISBN　978-957-13-8191-6
Printed in Taiwan